U0589520

青春的荣耀·90后先锋作家二十佳作品精选

高长梅　尹利华◎主编

耳边奔跑的花田

林卓宇　著

九州出版社 JIUZHOUPRESS | 全国百佳图书出版单位

图书在版编目(CIP)数据

耳边奔跑的花田 / 林卓宇著. -- 北京：九州出版社，2013.6（2021.7 重印）

（青春的荣耀：90 后先锋作家二十佳作品精选 / 高长梅，尹利华主编）

ISBN 978-7-5108-2138-7

Ⅰ. ①耳… Ⅱ. ①林… Ⅲ. ①散文集 – 中国 – 当代②短篇小说 – 小说集 – 中国 – 当代③诗集 – 中国 – 当代 Ⅳ. ①I217.2

中国版本图书馆CIP数据核字（2013）第113405号

耳边奔跑的花田

作　　者　林卓宇　著
出版发行　九州出版社
地　　址　北京市西城区阜外大街甲35号（100037）
发行电话　（010）68992190/2/3/5/6
网　　址　www.jiuzhoupress.com
电子信箱　jiuzhou@jiuzhoupress.com
印　　刷　北京一鑫印务有限责任公司
开　　本　720毫米×1000毫米　16开
印　　张　10.5
字　　数　135千字
版　　次　2013年6月第1版
印　　次　2021年7月第7次印刷
书　　号　ISBN 978-7-5108-2138-7
定　　价　38.00元

小荷已露尖尖角（代序）

高长梅

长江后浪推前浪，是自然规律，也是文学发展的期待。

80 后作家曾风光无限——韩寒、郭敬明、张悦然等大批 80 后作家已成为中国当代文学的生力军，他们全新的写作方式、独特的语言叙述，受到了青少年读者的追捧。

几年前，随着 90 后一代的成长，他们在文学上的探索也逐渐进入人们的视野。

2006 年，《新课程报·语文导刊》（校园作家版）创办时，我在学校调研，中学生纷纷表示，希望报社多关注 90 后作者，多培养 90 后作家。那年年底，我在南昌参加中国小说学会小小说年度排行榜评选时，与学会领导和专家聊起 90 后作者的事，副会长兼秘书长汤吉夫教授对我说：看现在的小说创作，80 后势头很猛，起点也高，正成为我国小说创作的生力军，越来越受到文学评论界的重视。你有阵地，就要多给现在的 90 后机会，文学的天下必定是属于新一代的。副会长、著名散文家、文学评论家雷达博导，副会长、著名文学评论家李星编审都高兴地表示，今后会逐渐关注这些 90 后的孩子，还表示可以为他们写评论。2007 年年底，中国小说学会在报社召开中国小小说年度排行榜评选会议，几位领导还专门询问 90 后作者的创作情况。

2009 年，著名作家、茅盾文学奖获得者、解放军总后勤部创作室主任周大新到报社指导，听到我们介绍报社非常重视 90 后作者的培养，而 90 后作者也正展现他们的文学天分，报社准备出版一套 90 后作者的作品选时，周主任静下心来仔细翻阅那套书的部分选文，一边看一边赞不绝口，并表示有什么需要他做的他一定尽力。周主任的赞赏让我们备受鼓舞，专门在报上开设了《90 先锋》栏目。这个栏目一推出，就受到 90 后作者、读者的欢迎。

2010 年，著名报告文学作家、学者，中国图书奖、五个一工程奖、鲁迅文学奖获得者王宏甲到报社指导，见到报社出版的《青春的记忆·90 后校园文学精选》及报上的《90 先锋》专栏文章，大为赞赏，并称他们将前程无量。之后不久，我们决定出版《青春的华章·90后校园作家作品精选》。这套书收入18个活跃的90后作者的个人专集，也是90后第一次盛大亮相。曹文轩、雷达等为高璨作序，著名文学评论家李少君、张立群为原筱菲作序，著名评论家胡平为王立衡作序。此外，还有一大批中国作家协会会员如刘建超、蔡楠、宗利华、唐朝晖、陈力娇、陈永林、邢庆杰、袁炳发、唐哲（亦农）、孟翔勇、倪树根、李迎兵、杨克等都热情地为90后作者作序推荐。他们在序中都高度评价了这些90后作者的创作热情、创作成绩。当然也客观地指出了一些值得注意的问题。

90后作者的成长也引起了文学界的重视，他们当中不少人都加入了省级作家协会，尤其是天津的张牧笛还于2010年加入了中国作家协会。他们以自己的灵气、勤奋，正逐渐走向中国文学的前台。

张牧笛、张悉妮、原筱菲、高璨、苏笑嫣、王立衡、李军洋、孟祥宁、厉嘉威、李唐、楼屹、张元、林卓宇、韩雨、辛晓阳、潘云贵、王黎冰、李泽凯等无疑是这一代的代表。这其中我特别欣赏原筱菲。她不仅诗歌、散文等写得棒，美术作品别有特色，摄影作品清新可人。在报刊发表文学作品、美术作品、摄影作品2700多篇（首、件）。还有苏笑嫣。不仅诗歌写得好，小说也受评论家的好评。尤为可贵的是，她完全依靠自己的能力行走文学，却不去借助自己父母的关系走丁点捷径。还有张元。一个西北小子，完全凭自己对文学的执着，硬是趟出自己未来的文学之路。还有韩雨。学科公主，加上文学特长，使得她如鱼得水。

著名文学评论家白烨曾发表文章将40岁以下的青年作家群体细分为“70年代人”、“80后”和“90后”。他评价，90后尚处于文学爱好者的习作阶段。从创作来看，青年作家普遍对重大历史事件有所忽视，对重要的社会问题明显疏离，这使他们的作品在具有生活底气的同时，缺少精神上的大气。不过，在他看来，这些年刚刚崭露头角的90后有着不输于80后的巨大潜力。（转引自《南国都市报》2012年9月18日）

但不管怎样，成长是他们的方向，成长是他们的必然结果。

这次选编这套书，就意在为90后作家的茁壮成长播撒阳光，集中展示90后作家的创作实力。我们相信，只要90后的小作家们能沉下心来，不断丰富自己的阅读以及丰富自己的社会积累，努力提升自己写作的内涵，未来的文学世界必然会有他们矫健的身影和丰硕的成果。

我们期待着，读者也期待着！

散文部分

小说部分

诗歌部分

散文部分

时间之矢，忧伤之名

Part 1

曾几何时，自己固执地夺取透明单一的快乐，毫不厌倦无尽似曾相识的慨叹，每每言及那些纷繁的忧郁便由衷生出醉意，哪怕对那些点滴雷同的心路历程浅尝辄止，亦已觉那快乐，是来得那般透明，那般单一。因而，时至此刻，我仍以为，自己因了过去的那些快乐，才使得如今的自己有足够的力量去快乐，这十五年的光阴，流转之间无比绚烂耀目，我觉得极是满足、美好。

樱花离枝落地的速度是秒速五厘米。动画电影里的女主角如是说。如花瓣一般皎洁的脸庞，如闪星般耀目的瞳仁，少女说出这一句话时，那脸庞，那瞳仁似乎因嘴角的上扬弧度而愈加明丽。我们平日里，因落叶的纷飞都会激起难以平复的感触，而那近乎于梦境般的樱雨画面，不知会有多少丛生的情愫交织于花瓣之间。但，秒速五厘米，由壮丽到归于泥土般虚无的幻灭，仅仅是如此而已呢。来不及整理的叹咏，来不及细数的感动，复杂宏大，如蜻蜓点水般转瞬即逝，于记忆之中，更是惊不起丝毫波澜，但不可否认，无人不热爱这五厘米间，空气中划出的一弧弧优美的芬芳，于细风之中腾起的如微雪般的意境，即便落于土地之上，也会以葬花的希冀，予心灵快慰。

那一年春天，就在自家门前的樱花树下，一个小女孩，她半蹲着，拾起落在花坛边的长椅上落着的沾着雨水的花瓣，张开唇，置于口中，饶有情思，一点，一点，一点地咀嚼着。那时，遍地皆是昨夜风雨袭落的樱花瓣，花瓣的目光微微地点亮着她的身影，透过女孩的举动，我宛若亦尝出了樱花的味道，花的脉络里，好像流出如尘埃般细小的水珠，像银河水包裹的微香，春日的浅甜中，亦有着涩的感觉。嗯——秒速五厘米，多么美丽的速度，那女孩咀嚼时，是否能够体味出那五厘米飞落间的美好？零落之前花瓣内心无法言喻的苦楚，对花影无尽的悲悯与对未能给予春风爱意的双手时的遗憾，若那女孩的心本属于樱树枝头的一瓣，我相信，那味道，她是可以尝得到的。

我伫目观望，待女孩离去的那一刻，她站起身子来，我发现她竟不是一个孩子，而是一位少女，成熟的背影在花瓣的目光中略显空濛迷离。

瞬时的少年老成，似乎加剧了我心头的樱林中每一片樱花飘落的弧度，而后，我仿佛顿悟自己亦是一个少年，因为，与那少女一样的，只有少年人，才知道忧伤深处其实空无一物，但仍然是执着的、不息的、疯狂地投入、拥抱、幻想。就像我们都曾于岁月一隅，看樱花离枝的秒速，甚至渴望让几秒间的味道跃然于味蕾之上。

若干年后，所有的故事不再，我在初秋的阳光下，打量京都城区那条十字路口的小河两畔的樱花树，尽管树上满是绿叶，但当那一条细小的幻想的翅膀微微拂过树丛时，粉丝的壮丽又顷刻之间溢满了青空。我遂在心头默念着：——秒速，五厘米。

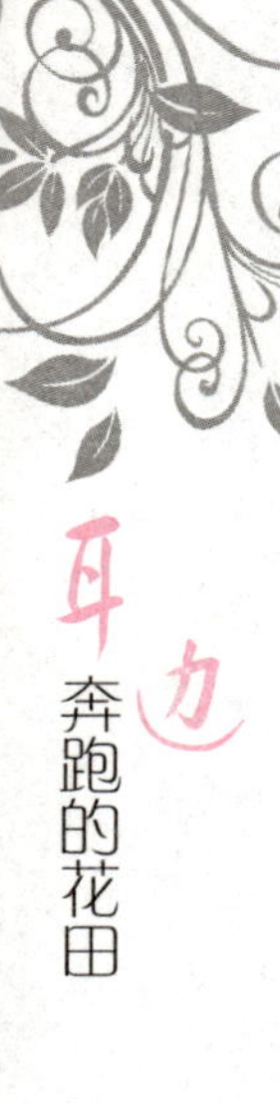

Part 2

许多文字因水而生，切勿妄加定义，正如水的无形一般，如水的文字，总是潜藏着微凉和未知的、浩渺而又绮丽的忧伤。我们走进文字铺叙而成的水之神隐中，如一尾尾知趣的青鲤，用尾鳍轻触磐石之下的深邃，鳞片表面，却折射出水的眼泪和浅笑。

小时候，我极热爱沿着河岸行走，在凝望着河水中的粼粼波光时，我顿觉得时光同我一样伫目凝视着波光，时间匆匆的步履已然化成一泓美丽的水色。

水是忧郁的。我一直觉着……在注视中，我注意到水色中挥之不去的暗影，我对自己说。

那些层层的水纹之下，常常纵逝的轻影，让我迷恋许久，儿时的我知道，那轻影，是鱼儿。

水的美感似乎都凝结在了鱼儿的身上了呢。鱼儿眼里流淌着水的忧郁，鳞片上折射着点点滴滴关于水的积满幽光的水之深处。有时候，我甚至愿意相信，水是会成精的，鱼——是水化成的精灵。

我对鱼的热爱一度膨胀，以至于我不顾一切的饲喂各类鱼儿。谈及这些经历，总有大段大段无法言尽的故事。我看着缸中的海葵和珊瑚簇簇摇动，看着期间的鱼儿身上每一处微妙的色泽，可转瞬之间，我却不得不面对鱼儿的死亡，那冰冷的死的气息溶于水中，令海水显得浑浊不堪，海葵和珊瑚会吐出黏稠发腥的白色絮状物；包裹鱼，鱼儿的两眼直瞪，眼里已没有了流动的忧伤，因为那忧伤已回归于水中，变成了永远不能够触及的东西。

鱼的死亡，令我沉郁。可我仍是不息地往鱼缸中添加新的鱼类，我会每日打开灯光让它们尽情享受。我用新鲜的蚌与虾米制成的饵料喂予它们。可是，这些永远不习惯于拘束的生命，永远是带着绚烂而来，带着暗淡而去。它们仿佛偏要用死亡，来鄙视我对它们生命角逐的限制以及我这自以为正确的关怀。

留恋沉醉这些梦幻的生命，甚至用手描摹它们所吐出的每一个泡泡。儿时的我，将它们记录在我的格子纸上，不顾念它们究竟是生是死。我曾一度将它们记录于我的文字中间，让自己笔下的篇章获得如水色一般的熏陶。

然后有一天，我听见角落里传出的声音。一本书里提到了，鱼的记忆只有三秒。

三秒的时间里，暗含着无数不可预知却在所难免的重创。凝聚着水影摇曳的淡然抑或昙花一现的粲然夺目。一切纵快活，也不过过眼云烟罢了，一切再幽怨，也仅仅是转瞬的故事而已……仅这一个三秒，不经意地把鱼的一生分割成无数个短暂而微不足道的片段。探其最终，这记忆时间的长度，亦决定了生命的长度，因为，直到死亡，鱼儿还是觉得，自己这一生，不过三秒罢了。

彼时我知道了鱼儿的记忆特性。我在投入对鱼儿们观察的同时，不再沉醉于它们的游姿和色泽，我以那窥探般的目光，体味它们的神色，然而从一开始便是注定将一无所获的。因为，鱼是没有神情的，我亦无法从它们鳍的摆动里捕捉到点滴关于记忆的思索，仿佛它们的情感从不呈现于这个表象的世界里。

于是，我只能够试图想象了：三秒前掠回饵料的心花怒放到三秒后即有可能是炼狱般的垂死挣扎、角逐、休憩，紧接着，又是一个三秒的过渡。

虽然记忆不断被记忆覆盖着，于人而言亦是可以体会到的，然而，任何一个人的记忆都是巨大苍翠的森林，一些记忆与其说被遗忘掉，不如说它们一直被无尽纷繁的过往所掩盖着，又何尝不是一种存在？而面对着的是三秒为一次的速度的全盘更新，它们没有色彩庞大丰富的记忆之

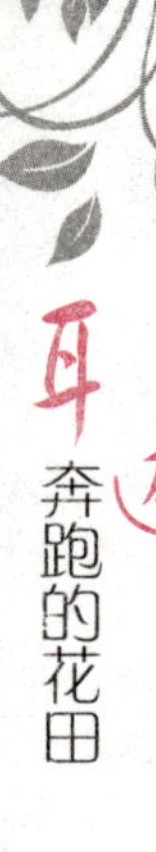

林，更没有许多依托着记忆才能够存在的事物，譬如说感情。

如此，如此。那么，这鱼并非那忧郁的水之精灵，而这一切全因了它们——没有记忆。没有记忆之林，只有荒芜之境。

而后的一段日子里，我仅仅视鱼儿们为斑斓的灵魂。它们虚无的肉体随着无厚重或单薄可言的记忆或沉或浮，已然不能为我所触，不能再俘虏我的视线。

长大之后，疏于对水缸的打理，缸中的动物已所剩无几，细瘦的珊瑚礁上躺着疲乏暗淡，不断吐着白色稠状物的一只绿色海葵，其余各处均长满了预示水质危险的黄藻，唯一的一条鱼，是透红小丑。那是最绚烂，最喜角逐的一条鱼。

见此场景，我心灰意冷，饲鱼之念全无，与家人商议几番后，决定从家中撤去这一鱼缸。

从那以后，家中再无水泵抽水循环的声音，略显空寂。看鱼，喂鱼，养鱼的习惯自然没有了。

曾几何时，我又听说："你看不见我的眼泪，因为我在水里。"

原来——鱼的泪水，溶在水里。

我们都太过于执着个人的意念，习惯以个人的方式去审视其他的生灵。可是，我仍然愿意继续执着地以为，鱼是会忧郁的。它们纵使只有 3 秒的记忆，也能于一滴泪水中，承载这一切记忆的重量，而这些含于泪水中的如梦境般的记忆，仅仅是不能为我们所知而已，因为，这记忆藏于了水的心里。

我愿我手中流淌的句子如水，容纳鱼的记忆。

Part 3

命运待我优渥与否，我早已无心谈起究竟，写到这里，我的十六岁，马上就要来了。

忆及过去那些于生活之中捕捉细腻之意象并有意感伤、慨叹于其中的那些年月，我感知着成长，也欣喜于自己对于那份心境的呵护，毕竟至于今日，仍未褪去。

风、月光，还有樱花、鱼儿。这些昔日优美的意向，盘踞于自己的内心，盈着忧郁之美，象征着那些美妙的历程，令我陶醉得近乎是窒息了。而我感谢它们，让我有了这份陶醉，至于到了后来，因无数的积累和沉淀，还有淬炼，让我获得了一份艺术的感觉……

时间是成长之矢，忧伤是过往之名。

文字与少年

与文字相系的时光，转瞬便十一年了。在最初的那段稚拙的时年，我莫名地强迫着自己体察世界之时不再停留于浅尝辄止的认知上，于是放纵的野心让那种种纷繁的念想盘踞于我的内心，对世界中的一切，竟有了一份敢于吞吐的气概。遗憾的是，我却不曾经营出浩如烟海的世界，但自己极尽思索捕捉一切之意象，于生活之中，遇事遇物，动辄便是敏锐，动辄便是深刻，便也如愿成就了自己所想的一切深邃的斑斓的意象，获得了无尽短暂却是无限的物质。

而后的日子里，执笔在格子纸上轻轻流下些许文字，并矢志令它们瑰丽夺目，于是，许多人知道了一个少年作者的名字，尽管太多人不甘置心于安谧之中，急于落下对作者及其文字的爱憎，我也因而经历由过去的愤懑不安到后来的无心辩驳这一苦涩的过程。但，我亦因了这些认知让自己欣喜于有更多的人通过文字与我一同成长，生命的存在由此而丰盈壮大，身后那片被称之为名的背景越发的绚烂多姿。

文学，什么都不是，但又应是一切。由文学带来的光环也好，共鸣也罢，都只不过是其厚重的意义中的一部分。“伟大的作品不会使人变得更好或者变得更坏，不会使公民变得更有用或者更无用，伟大作品的唯一作用是教会我们如何去面对自己的孤独，而这孤独的最后意义是为了和自己的死亡相遇。”哈罗德·布鲁姆如是说。我，抑或是我们，提笔之时并未觉出那一份沉重，但文学的终极目的，正是为了令人归于虚无之际，令那消逝变得从容、美丽。因而，虔诚的写作，并不为单纯的表达和歌颂，而是为了生命当中那一份份崇高的哀矜与欢愉。

从某种角度上说，文学并非是用来再现我们眼前的表象世界的，也绝非是如实地呈现现实生活中的质量的。所有创作都取决于人之心魂的有力支撑。正如以今日的目光审读昔时之作，定是备感可笑甚至无颜，但值得人欣喜的是，我们凭洞察与感觉书写下的蝶翅上的细纹以及承载着泪水的大海，是与历练的心术和繁杂的技巧无关的。于是查探过往的笔下世界，爬行在干涩的记忆的土坡上，人们应该都会惊异地窥探到在那若干个铅灰的深冬，不足为念的寒冷带来雪花，某个时刻它们竟被手中之笔幻化成岁月里与某一首歌曲相映衬的无声的寂寞；孤独之际直面在秋野，让人意外地在与麦田的对视之中，成全出微凉的空旷；玫瑰色的黄昏下，如羽的白云顷刻间以苍红定义天空壮美的容颜……

每一个执笔者都因为此而感到幸福，生活在低处的肉体，已然获得了一个行走在高处的灵魂。他们笔下文字予人的滋养，永远趋于平缓细腻，且是在安静中点点成全的。而少年作者执笔在青涩语境中的歌唱，歌唱的是真挚灿烂的主题，由此不仅影响了他们自己，也打动了他人，我想，这是弥足珍贵的。

但是，当青涩的语境逐渐转向成熟之时，不少弊病暴露得也是令人注目的。在当下，不少人群所走的道路都显得过于极端。一些人太过于执着在似是而非的麻醉中沉沦，将写作全当文字的排列组合，雷同的心路历程，似曾相识的慨叹被浓缩在一个又一个累赘的词藻里，他们忘我痴情地投入在那些苍白空洞的句段间，凭一些华丽艰深的字眼，获得自我满足及赞美的快慰，同时，小我世界里经营的所有与外界的一切都没有任何关系，有时候，他们甚至会把一切的细小琐碎都上升到要死要活的高度，以标榜某种程度上的早熟和颓废彰显性灵，想向所有的人袒露他们那种脱离实际的心性，然而这种错误的敏感，这种可笑的善感，往往被他们审视为细腻与多思，以至于太多真正的波折，太多真正的苦难在他们看来反而显得无足轻重，价值观上的扭曲，使得他们无法真正认知人性中的阴暗一面，离世界的现实和博大的幻想自然都越来越遥远了。而另外一些人则是热衷于批判的，较于前者，他们显得张扬不羁，愤世嫉俗，崇尚犀利尖刻，渴望针砭时弊，同时也高歌谩骂，至死不宽容。但热衷于批判的人在实行批判的时候，往往会给人一种笨拙、滑稽之感。当他们架起严肃的姿态，表明个人态度的时候，在人们心目中的分量却一点点地减少，越来越可笑滑稽。批判的内核是厚道，没有人文的关怀，又何来批判呢？

一代人作品的优劣是任何人都不具资格评说的，看到我的同龄人们所写的一些作品，尤令自己难吐半字实言用以评价，最难以理解的是，这些文字在今日甚至是推崇备至的，这样带来的一代人文字上的失落也是无须怀疑的了。我想，纯文学需要的是所有执笔者的坚持，而创作中的真正的爆发力，伟大的史诗结构，怎能从这样的文学环境中生长呢？静心思量时，人们应该会觉得，没有了质朴的洞悉，扎根于大地的心灵，再多的才情亦只能是无源之水，况且那些被称之为天赋和才情的东西，又是谁能够掌控，谁可以定义的呢？当然，不可否认，随着时间的流逝，成长与升华已为必然，很多问题将会成为不是问题的问题。但，少一些自我相欺，少一些文字游戏，多一些脚踏实地的文艺与实感，于人于其笔下的文字，都是有好处的。

写到此，虽仍觉言犹未尽，但灵感渐渐变得薄如蝉翼，写作这么久来，我最热爱的，也即是这份执真诚之心与文字一同行走，相随到终点的感觉……但愿，我，我们，都能如此吧！

孤独的八音盒

六月中考过后，我用了一个夏天的时间无所事事。当身边人的告别因那场离别而显得毫无气力的时候，自己便觉得三年的日子，教会我们的不过是爱极恨极的态度，因而远不能如沉稳之心所呈现的，于静默的倾诉中，予分离状态下微凉的心爱意的双手，成全出最无言但铭心的依恋和不舍。自然，我没有投入到那些对岁月的告白里，于是也没有随波逐流放大自己哪怕是最由衷的感触，没有卖弄高歌过去的时光，亦不曾写下过一句毕业箴言。

夏的深夜里，湿漉漉的月光融化在一场夜雨中，失眠被无限拉长。头枕着床，几次潜进被窝不成，我便静下来冥想，注视着隔着一层红木窗外的双层玻璃上，那雨水的影子。它们一道一道的，在窗上孤独地流淌，然后彼此交集，最终，成股陨落，顷刻间我感到视线里有无数染着夜色的蓝色的河流如此这般上演着消逝的循环，没有不安却有着忧愁，像繁盛的记忆那般的，于流淌中亦走向着消逝。

2011 年的夏天，带着微微的疲乏，开始浸染我非喜非悲的面庞。一场夜雨之后，不曾有轻虹，夏，就这样与我突兀相对。

书房里摆着许多我日夜渴求吞下的皇皇巨著，翻开书时，我便开始出奇的陶醉了，嫉妒并羡慕着梭罗、伍尔芙、川端康成、普鲁斯特，这一个个活在过往的忧郁的天才笔下的字句。孤独地念想，曾几何时，如我身体中被蓦然惊醒的一部分，长久以来如蜻蜓点水泛起的涟漪般的微小动容，此时此刻，终究掀起了些许波澜了。于是，我开始质问自己：孤独里有自己的真实吗？我坐在书房里的藤椅上，同宏大的时间面对面，钟表里的时针转动得那样的无力，仿佛在巨大的思考面前，时间也显得无奈而苍白了。所以，我始终无法在空荡荡的房子里检索到一个答案。

自己是在害怕真实的孤独，还是在害怕伪装之下的坚毅的内心被撕裂面具的一刻所呈现的焦灼惶恐吗？读过这里，读过那里，终是没有答案的。毕竟，这孤独，已相随我多年。

七月，我一边在思索着我指尖流淌过的那些疑问，一边选择在大街上走动，漫无目的地穿梭在树影下斑驳的暗影间。然而时间恰恰选择在此时经营了一个简单的遇见。

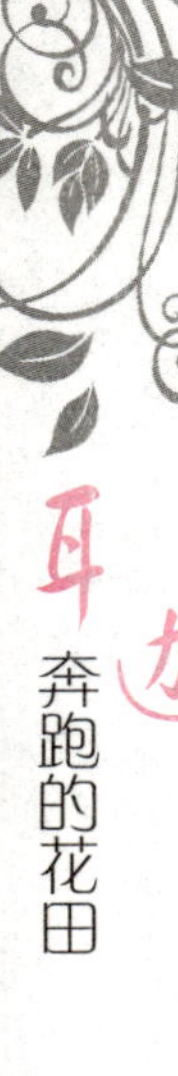

那时的我只不过是行走在归家的途中，他背着硕大的包，脚踏自行车，从铺满阳光和灰尘的马路上匆匆而过。第一眼的注视我便发现，他，曾是那记忆中的人儿。他面对着我，似乎并未打量出岁月的痕迹，然后那不知是否带着微笑的神情转瞬就模糊在自行车疾速行驶而去的画面之中了。热风从我身旁吹过，猎猎作响，袖口里被灌满了风，肺腑之中逐渐纳入了七月酷暑的气息和那年七月时节的记忆。

…………

置身在旧楼房的光线里，安详静坐，相叠的双手置于腿上，任由光阴游走，自由来去的思绪穿梭洗礼。那种孤寂之中升腾出的高贵的愉悦的记忆于我而言清晰如昨。五年前，就是在这样的环境下，我在经历着一场离别，稚拙的童心在那时无法着陆在燥热的喧嚣中，看透悲伤不能够如同看透流水般坦荡。于是我焦急地给岁月贴上标签，那些堆在角落里的螳螂标本、月季花书签、水洼里的圆石头都被我一一收入口袋里，并预备将它们随那几辆搬运家具的大车驶离旧处，抵达新家。

家门外，是那些比我年长的孩子们一浪高过一浪的欢笑，自有记忆开始，多少次我眼底沉泪，似乎都和这有关。而今，一个要走开这欢声的人，自然是不稀罕那些簇拥和慰问的了。彼时，我怀着一份小小的桀骜，照旧安坐在家里，执笔润色那些不堪的文字，还一边把老式电视机的音量调到最大，直到屏幕上布满杂乱的雪花也不休停。外祖母在忙着些琐事，但还是唯恐我太过无聊，便把一颗颗悉心剥好的坚果，如同倾洒星星一般倒在我的手心里，我永远记着那时外祖母的神情，她是有些欲言又止的，但我猜想得到，她是想说，过去她的身旁也有一个如我一样的孩子，喜欢偎依着亲人，偎依着孤独。

不曾料想的那一刻来得突然也来得平静。他来了，和平日里一样，从从容容地走进了我的家门，没有多余的眼神示意，便走到了我的面前。

那一刻觉得自己应该是独处的，潜意识抵触着外面的一切。于是我用对待陌生人的眼光朝他冷冷地望了一眼，回头继续做自己的事。

“没想到这么快就要走了啊，以后很难见面了吧。”

“怎么不说话呢？”

“和我们出去玩吧。嗯……”

偌大的屋子里就他一人自语。看得出，他很尴尬。我暗自嘲笑着他，那份冷冷的空寂，如同海水般泼洒到他的身上，我歇斯底里听着白色的墙反射他的那一声声很清脆很悦耳的声音，心里有着快意。

他也不说话了，从身后递出一个用狗尾草编织成的小盒子，里面还别出心裁地放置着几颗大小各异彩色的弹珠。我数了数，一共8颗。

“这是什么？”

“听说弹珠敲在不同的石头上会有不同的声音。这里8颗石头，就会有八种声音。”

说完，他笑了笑，见我一脸疑惑，又补充说：“你忘了吗？这是我们自制的八音盒。”

我忽然记了起来，儿时在一起玩耍的时候，我们常常将一袋弹珠由高处投落在石头上，让弹珠敲击石头时发出不同的声音，找出能够发出不同声音的八颗弹珠后，收集在纸制的盒子里，我们戏称那是八音盒。

我便再问：“这狗尾草的盒子又是怎么回事？”这时的他默然不语，像小时候对昆虫的问题备感疑惑那样摇了摇头。我低下头去，开始玩弄起毛茸茸的狗尾草来。

童年的记忆被定格在生命的这一幕上。我接受了他的那个奇怪的送别礼，尽管在搬家之前它便不知去向，于是它不曾伴随我日后的成长，并让不少与之相系的记忆的潮汐退却。

搬家之后，我就再未见过那个少年了。其实在很长一段时间里动过联系他在内的其他孩子们的意愿，但还是怯懦了。时间向前走，我们身上的故事都变得越来越多。试想当一个人怀着忐忑的心情，于久未相逢的人面前提及一段卑微又略显浅涩的过往，尽管满心的质疑，但还是期待着一切如故吧，但人都是如此，一旦记忆整饬丛生，一旦心灵羽翼丰满，过往的岁月，也便形如蒸发在烈日中的一支羽毛，与己无关，更无珍贵可言。

亲眼目睹着他从我的眼前闪过，虽有对视，但互相对峙的两个心灵，已然不再是曾经。目送而去的优美的身影，亲近熟悉，又遥不可及。

我们都长大了，我们都是有故事的人了，于是过去的事情都羞于启齿了。

若我在你面前挥手致意，笑脸相迎，你却以一脸诧异，张皇无措的神情以待，那我何以承受这一份默然？

时光回转到另一个过去，冥冥之中，我变得开始相信命运的安排。我甚至觉得太过明亮的记忆的颜色，令自己有些眩晕。十二岁那年，我进了一所陌生的小学。顷刻间我收拢了自己过往中所有的桀骜不驯。在学校一株株参天的古木里，还有一张张格外刺眼的带着戏谑的面孔中，我照见了自己的孤独，它，把我着实吓了一跳。

我被孤独害得面色惨白，尽管心怀着小小的倔强，可我仍希望过去的他或是他们，能够来帮我一把，扫去我的忐忑。但是，这种空头的念想，只能够做些许的安慰罢了。

此刻我还是无法习惯孤独的，更何况彼时呢？我在一片惊慌当中旋转，那一个个行走在绿茵场上的人，我觉得无法视他们为自己的朋友。然后我开始了一场场属于自己的独行，阅读、走路、奔跑，所有的所有，都在这孤寂的笼罩之下，找不出半点色彩。也许就是因了孤独，我变得麻木，竟然不觉得自己是一个人，宛若整天袖口里塞满的风，也是自己的朋友。

感觉好像在世界上发现了另外一个自己：永远只会坐在角落看看别人熠熠生辉；在街头行走，也会经常被车辆的照明灯照得双眼难开；在食堂或礼堂里排队，十分轻易地就被别人排挤出去，被左一个人右一个人撞得四处颠倒。

在越浩大的人流里，我心里反而觉得越无奈空虚，与此同时还伴随着一定量的紧张。

莫名间，我开始试着觉察这种感觉，或许说咀嚼来得更真实一些。我觉得，这所谓的孤独之症，应该就是如此定义的。

同样在那年，我写了一部书。洋洋三十万字的背后，藏着我如泉涌般的疑惑。我不明白我何时写了这样的一些文字，我不明白为何一个那样壮大的童年世界，会包含在这些渺小的句段里，还显得出奇的淡定自然。这一切，是因为本身就流动在血液里的孤独造就的，还是潜藏在空气中的孤独呢？以前的我无法回答十二岁的我。与此同时，我在一片来得出奇耀目的光环下，笨拙的接受眼前的人流、言语，那一刻孤独暂时缓缓停住了，我的身边簇拥着的不止是面孔了，还有目光。我歇斯底里打量着那些不同角落怀着不同目的的神色，时而溢于言表，时而故作不知。

时间给予我美妙的馈赠。我默默地抚摸着我所拥有的过去。随着那一年夏天的流逝，走完了小学时光的最后一年。毕业考试，每个同学的成绩都优异异常，于是分外高兴，校园内外，家长们和孩子们津津乐道的话题，总是关于这个漫长的假期的，他们显得前所未有的幸福。而我，只是趴在教室外的阳台上，发现古樟树的树叶在阳光下似乎就是一颗颗闪亮的眼睛，我在它们面前摆出或柔软或慵懒的姿态，它们再洞察人心，想必也读不出我那时内心的感情。

走出校门的那一刻，惊觉自己好像长大了许多。不安和惶恐，已然不复存在，曾经无处安放的情怀，仿佛明白了它们的去向，像是一股股巨大的暗流，纷纷在那一刻涌向无数个优美的薄暮。我已经确信，孤独在我身上驻足了十余年，但我的孤独宛如一个静坐在远方的黑色少年般，以诡异的语调夹着血脉的搏动，以风的形式，与我静静言说。长久以来，

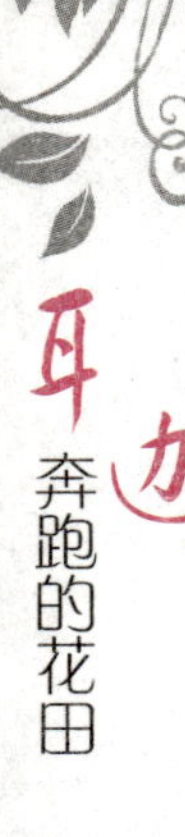

我和他静待时间的成熟，看着忧愁蜕变成老成的感慨，看着沉默的伤口结痂为过往的颜色。后来，我发现孤独并不罪恶，并不可怕。只是它需要一个脆弱的身体和一个坚毅的内心，去共同承载它，给予一些淡淡的温暖，还有温柔的依靠。我甚至讶异着，孤独的面目，真和曾经陪着我长大的那个少年，长得好像，好像。

内心的闸门就此刻打开。像是迎接一个从苍凉遥远的地方到来的朋友般，我极尽欢愉的姿态，拥抱着与我遥相言说的孤独。然后，孤独的眼泪片片滴落在心的土地上，化成种子，不断滋生、蔓延。

光阴如此玄妙，穿尽一个人的一生，不多也不少。我一点点地长大，不论将来心灵的面目究竟如何，我知道，有一样东西是不会变的，永远不会。

十四岁如期而至，这个时候我开始越发喜欢回忆自己美好的过去。在乘车的时候，如果经过自己曾经的家附近的马路，便会总希望司机能够从我家门口路过一下，于是坐车出去兜风的时候，我常会要求从那里经过，而且每每，都是选择在夜晚。黑暗里，星空还有黑暗漫长地卧在回忆的边缘，呼吸永远细如蚊声。如水的月光照亮横亘在过去与现实之间的荒草与碧石。在每一次简单的路过中，我都会专注地看着我家的房子，还有门前的那几棵树，然后，无数的情愫开始流转在心田里，无数岁月的隐喻还有生命的象征，简直同我梦想中的未来，如出一辙。

转眼又是一个三年，我在对过去的顾首中，在一次次与孤独的亲密和对峙中，缓缓走了过来。最终是在这年夏天的最后一堂考试的一卷卷试题里，结束了三年的所有的喜怒哀乐。果断干脆，不留痕迹。那时候，烈日把柏油马路晒得出油，知了声声鸣叫，拖长着每一丝燥热的不安，热风浮动着河岸的柳叶，我顺着这些柳条儿独自行走，一直走到几公里外的，我那曾经的家里。

人永远是依赖于过去的美好的，哪怕我再熟知孤独的气息，再习惯独自行走的孤独，我仍然是向往着过去的。我一边行走，一边这样对自己说。但，回到那儿的时候，我没有找到一个过去的孩子，于是便无果而终，在原地徘徊了一阵后，悻悻而去。

而后的那几天，我竟遇见了那个少年。这是一个时间的玩笑。

记得曾经读到过三毛的一句话："我们不肯探索自己本身的价值，我们过分看重他人在自己生命里的参与。于是，孤独不再美好，失去了他人，我们惶惑不安。"

我很是喜欢，觉得自己因了这句话开始有坚定了孤独的理由，于是面对各种聚散消逝亦不再计较，仿佛一夜间释怀了不少。

现在，我不念及其他，我只是念着曾经的那个少年，还有那个他赠予我的，消逝在一个我所不知的角落里的，狗尾草八音盒。因为我知道，这八音盒，隐匿在一个不为人所知的角落中后，一直在我心里演奏着岁月这首孤独的歌，是它让我了解了我是如何去念想我的过往，是它唤醒了沉于我心底多年，而又无法察觉的一份份孤独，而它最终的意义，是让我在一次次地与孤独的矛盾的亲密和对峙中，实现了与孤独的融合……

谨此，献给陪伴我的少年，还有那孤独的八音盒。愿所有的一切都能在那遥远的缅怀中，得到新的重生。

星星般的心事

城市

我一直十分讶异人们在城市之中的心态，面对浮华，面对喧嚣，已经是近乎一种麻木的状态了。偶尔之时，兴许会生出对宁静悠远的向往之情，但是更多的时候，仍然游走在红灯绿酒之间，捕捉繁华的身影。

我不是影子，不是风，也不是光线。但是在城市中狭小的缝隙中，仍然自由地穿行。我记得在小巷中的午后与一只黑猫的邂逅。我记得我越过了人们身后的一道道深渊。我熟悉城市的气味和色彩，行道树上悬挂的光影，老街灯上安放的声息……

卡尔维诺说："当我们在谈论某座城市时，我们在失去它。"

事实是否就是如此呢？我不相信这种叹息是真的，因为我宁愿看到城市现实的一面，而不是永远在人们的言论中，变得那样的迷离，甚至遥不可及。

是否当我们在谈论这城市的时候，它便会改变呢？或许改变之时，也便是失去之时，因为那已经不是曾经的城市了，声音的气息逐渐微弱，原有的一切都会令人开始质疑。

也许，我们不应该沉溺在这样一个世界里，好好地守护它，安然地度过，一切都是如此美好。

随意

我愿意去读一本书，忘了上次看到了哪一页，也不再刻意寻找那个中断的地方继续看。只是随意地掀开，让目光随意地落在哪一行。旅程，就这么简单、不动声色地开始了。就像两个老朋友聊天，没有明确的话题，想到哪儿就聊到哪儿，忘记了刚才想说的也没有关系。

喜欢这种随意。

我听见我的文字在小声说话，就把笔尖贴在纸上，让它们随意地走出来。

随意就是最自然的美。刻意的我们从来猜不透自然的心思。

安静

人的心灵永远背负了太多的压力，有时候甚至沉重得令人窒息。所以在这样一个事物愈加复杂的时代，人的心里就更需要沉静下来，那些浮躁可以随着时间让其逐渐的沉淀，而作为人应该主动地寻求一种安静的生命状态。

在那夜色流淌的时刻，我们应让那心灵渐渐平复。放开一切的，在书桌前静静地躺下，让那夜莺的歌声融化在窗边的风铃声中，让那些草

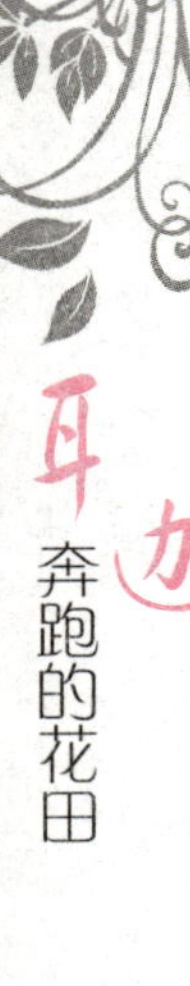

从中不明原委的声音都静静地匍匐在双眼睫毛的下面。在梦里，给黑夜，送去自己内心最诚挚的祝福。

让那些属于黑暗的生灵们独自地歌唱吧，它们必定有属于自己的天堂。唱出自由，唱出欢愉，唱出这黑夜里的暖意。在这世间，没有什么比这个更加惬意。

尽管是在梦里，但是自己仍然感动。拥抱着那每一棵树木的呼吸，倾听每一朵花的忧郁，飘飘然然的梦境，永远都是如此安静。

安静，安静，静静的沉醉……

看落花

很难以想象季节的跨越，那样看似短短的一瞬，却可以又唤来那醉人心扉的花之盛放，一切宛若在梦中重生，在梦中丰盈。

花朵永远和她的影子对视，当花儿飘落并和她的影子重合在一起的时候，便意味着花期的来临。花会和影子一起腐朽，渐渐被时光吞没，在季节的深处，被人们所忘却。然而，人们却不知，就是那重合的短暂的时间里，花儿触摸到了影子的寂寞，影子尝试到了花儿的瑰丽。消逝，似乎成了幸福的抵达。尽管没有人会记住那些不起眼的小花；尽管，花儿给人的印象永远就是那么一瞬，来年的时候，那印象便会被新长出的花所替代；尽管，那经历在人们看来，似乎有无穷的遗憾……但，花儿终究抵达了，抵达到她所想抵达的地方。

然而，当我们试图去走进那一片片繁花落梦之中时，却感觉昔日盛开的壮丽离我们遥远了，这实在是一种难以描述的体会。正如同我们所经历的事物过去之后，我们或许能在回忆中得到那寂寞的快慰，但是过往是无法重现的，一切都不如经历来得真实，一切都只得在回忆当中离我们越来越远，因此，我们似乎触摸不到，那上个季节的有关于花和影子的故事。

时间过得如此之快，就在那一条条枝头上，落花们都不知道经历了多少次盛大的离别。时光重重叠叠，如同美好的花瓣重叠了又腐朽。渐渐的，渐渐的，时间又近了，落花的时刻又到了——

是啊，花儿又将飘落，地面上的阳光悄悄流淌，那些影子，在向花蕊闪闪烁烁……

人类

在自己的作品中，不止一次地表露出对世俗世界的悖离和反叛，但有时候确实觉得，相比于梦境、哲思、知识，甚至大自然，当下的人更让自己觉得感动和热爱。我们都是人，被现实的硝烟熏呛，被欲望和功利苦苦折磨的人。我们因彼此的共性而聚集在人的世界，获得互相凝视的机会，又因彼此的差异而产生无数可望而不可即的距离，于是亦有了孤独和误会。我们的心各自悲伤着。

我希望能真正走进一个人的世界，仅仅是一个人。即便是在别人的世界里，疲惫着自己的故事。

立秋

不知不觉中已经进入了立秋时节，时间过得真快。

小时候曾经在书上读到过这样一句话：人的一生，一开始会很慢，到后来越来越快，一眨眼，一生就到头了。一开始我是持着质疑的态度。

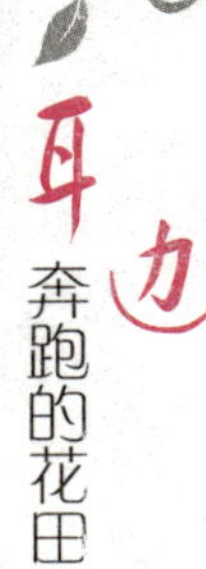

但是随着自己的成长,却渐渐发现时间行走的速度比我们挥霍青春的速度要快得多。所以,应趁着年轻,多做一些事情。

但是,夏天走的确实太快了些,完全来不及追忆与回首。这个夏天过得比任何一年的都要平淡,但是想必在今后也仍是一段值得在无声的时光里咀嚼的回忆。

八月转眼间又将过去,我却还没有进入秋天的状态之中。对于事物,也总以看待夏天的眼光去看。也许,这便是时间的力量。

一切都很好,愿自己能够获得一份不一样的秋天的心境。

生日快乐

在破碎的情绪、自以为是的无知中,脚步往往凝伫许久,因了生的疲劳,人都希望借此休憩来整理一下自己活的意义,这样才不至于在接下来的路中走得太狼狈。可是在思考与反省的同时,我们也耽误了大量的时间,消耗了与时光相抗的重要资本。

美好的青春实际有梦境之嫌,太多时候,生活其实被现实的泪水沾湿。并非有意将一切事无巨细的伤感皆放大为铭心刻骨的忧患,只因了少年人正是凭此还原自身的温度与明澈的面目,成长如此而已。你好!忧愁,你好!希望,你好!我的十七岁。

矢车菊的蓝

我知道安徒生的笔下,海的女儿的世界,布满了矢车菊一般的蓝色调。海水中蓝色的梦与蓝色的心情从遥远的星光出发,到那更为遥远的星光。闪耀的蓝光，透出澄澈的蓝光，深不可测，遥不可及。

海下不断的跋涉，只为了去赴那点滴的诺言。诺言，匆匆行走于海上的每一个角落。我看不到它飞翔的剪影或片段，它的逃离在我的视线之外，甚至碰不到它的影子。

海水是她鱼尾上清晰的痕迹，她是大海心里的一颗贝。

记忆里的童话，记忆里的海以无声的平和，触及，点亮了海上的钟声，矢车菊的蓝，用一点高光，指示一次逃离。海的女儿，她静静地卧在礁石的旁边，她的心羽高飞，被绚烂的忧郁所包围。

也许，她并不忧伤，也许她的星星不会失足落下。也许吧，她只想不被察觉地认真看几次大船，捕捉一点眩晕的蜜意，倾听辽阔而又高远的幸福。

其实我们都见过海的女儿，偶尔漫步在沙滩上看到的矢车菊一般的贝壳，那是她的眼睛，被镶嵌在沙滩上。

哪怕某一日，眼睛在日光下干涸。还有矢车菊一般的最后一滴泪，在微微发光，腾起花一样灿烂的日子。

夏夜的星

久违的蝉鸣似乎与花草同席绽放。将点滴的聒噪和闷热，在心中凝成一壶香醇的酒，仲夏夜时，让一切生灵，独饮满腔的欢与愁。

盛夏的记忆，在城市的水流中，缓缓眨眼，崇高的忧郁在不为人知的心中悄悄弥漫着微微的清凉。

夏之回忆永无休止，以夏夜作为任意一首诗的风景，都无比的生动。

我想一个人，独自卧在星光下，在某一处光线微弱的地方，去思考这一些无际的深邃。空寂的星夜可以使我听得到星星窃窃的私语和眨眼

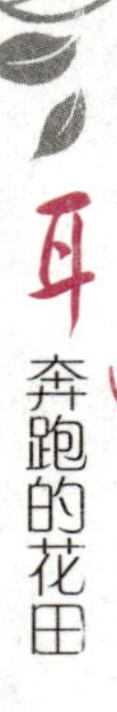

的声音。我以期待的姿态仰望着。聆听星星的声音，已成了一种遥远的渴望。

凭感觉，我知道了星星们静静地看着我，它们的目光，挂满了夜风中一切的尘埃，似乎我心中的一切它们都能听得懂。

星星们偷看了我的心事，于是，它们将自己的心事也悬挂于树上那高高的枝头。星光从树枝间被挤到我的手心之中。而我却读不懂这种种的深邃，犹如沉默的影子。

……夏日的清晨，我醒了。我看看自己的手，才知道——昨晚，我拿走了星星全部的心事。

蜻蜓

浅绿色的小岛，犹如云外的世界一般寂静。在这里，我途经了那一切过去的熟悉，我看见了那灵动的生命——蜻蜓。

我觉得我曾经见过她，她震颤着空气的透明翅膀，鲜亮红艳的身躯，像昨夜掠过头顶的幻想。

我似乎已经错过了无尽的回忆，时空的印记若隐若现地交错着，站在印迹的边缘，注视着飞舞的蜻蜓，唯一难舍的便是她灵动的飞影。

步履在夕阳下挪动并凌乱，空寂地踏着时间的回廊，无声之中，竟弹响了几缕阳光的丝弦。

在凋落的灿烂中，蜻蜓仍在飞舞，在空中，留下一道又一道曾经的过往与回忆。我仿佛错过了时空，在自己陌生的地方看见这蜻蜓，犹如坐在城市边缘的荷塘，看一遍又一遍重复的生命的风景。

浅浅的弧

春日，仍然有纷飞的落叶，与风共乘，充满蜜意的空气里，划出的是浅亮的惆怅与忧伤。地面上，那一些一直以来都没有被时光修改过的砖板，它们有什么心思呢？

那一些落叶都落在了砖板之上，犹如沧桑的手轻轻贴在了单纯的脸上，从树枝到地面——仅仅只有短短的空间，而它们却努力地在生命的尽头，创造一道道多思的弧线。

读不懂世间的繁芜，读不懂眼前的世界，也读不懂落叶一次又一次的飘零。是为了寄思于何物？风凄凄地吹过，划过叶片间的，只是空灵的味道……

若说落叶深爱着那一块块砖板，它们在死去时，只是为了表达心中的秘密，那么，它们弧的痕迹，也只有风看得见，风记得住。

苍老的叶子，木然的砖板……静默之中，有谁的泪滴。

如今，我只感觉在空气里，有无数条树叶留下的弧痕，有无数滴满足的泪滴。

缤纷的仰望

短短的篱笆，筑在夕阳眷顾的地方，因此，这里的花草，它们可以享受到壮丽与温馨的时刻，有着世俗买不到的欢乐与怡然。我小心地靠近这一些篱笆，尽量不打搅沉浸中的生命。以一种静静的姿态欣赏着在旁人看来是多么杂乱无章的风景。

小小的篱笆边，我可以选择许多姿态，安静地躺着，抑或是凝视着静坐，让繁花的露水滴落于我的每一根手指，向不同的方向蔓延，最终，归于湿润的土壤之中。我要让生动美好的气息弥漫充斥于我的心底，让我淹没一场芬芳的呼吸。我要聆听花朵同时开放的声音，倾听风与叶的私语中的秘密……

愿像草儿一般，一百八十度仰望这可爱的绕满夕阳的晴空，站在篱笆的边缘，对比着，期待每一天长到新的高度。

坐或卧在花枝之间，太阳会小心翼翼地将光芒晒到我的身旁，让我每一次的姿势都备受呵护。

仰望——是我心中最美丽的姿态。太阳光下弥漫着的缤纷的七色之光，便是斑斓的幻彩。

抬起头——仰望吧！瞳孔中永远都是太阳光绚烂的色彩，请相信，每一天的抬头仰望，绽放开的都是笑意，都是缤纷。

伞下花束

空中尽是飘满灰尘的阳光，忽然，静谧之中生出的雨滴，收容了这一些灰尘。看吧，那不为人知的小巷，也开始陷入那朵朵缤纷之中。

大片陈旧的时光，在洗礼之中逐渐变得清透而又明亮了。新生的一切都遍地流苏。动人的想象如同清风一般拂过头顶，浅浅的低吟声充满着心头。

行人们行色匆匆，流露的是漠然和缄默。看那一个个伞花吧，在轻风微雨之中旋转，所有的一切，都被色彩笼罩着，立夏的雨，让我们绕过了春天的晓梦，犹如花瓣一般浮动在温暖的河流里，雨中徘徊，是一次在咫尺的守望。

听吧，这简单的幸福来得悄声无息，梦的脚步很轻，我向夏天再次倾诉往事，洗濯回忆里残缺的印记，并让细雨收走所有的尘埃。

夏雨久久地仍没有停止，人们的徘徊也没有停止，潮湿的气息滋润了聒噪与不安的心灵，人们的心情被悬挂于雨中，勾起了一丝又一丝的淡绿色的遐想。伞花下溅荡的花雨，是心中旋转不停的涟漪……

鱼之吟唱

是水草还是什么，朦胧中缠绕了谁的记忆的影子？是水草还是什么，无声中轻抚着隐秘的故事？在淡淡的黄昏的背面翘首，记忆里的飞翔痕迹已经书写在陈年的那片华丽的晚霞里。

原来，我曾是一条鱼。

听说，那海的女儿那样的热爱幻想，不满足水中的繁华，不满足水中的沉浮。愿用自己的三百年，去换取幸福与美好的永生，愿用自己一生的三百年，去经历那一片片陌生的叶子，去接受阳光的潮汐朝朝暮暮的洗礼。

但是，我可以不化作一个人，只要可以去亲近陆地或天空就可以了。如果我是一只鸟，我会打开自己的胸腔，让辽阔的天空多一份清脆的啼音。呼唤春天和雨水，呼唤风和日丽的早晨。将每一个清晨的第一滴露水，第一声问候都悄悄地掠去。

哪怕我即使不能够成为飞鸟，我也要做一只会思想的鸣蝉，在属于自己的生命的季节里，吟唱自己的诗句。

海贝的沙漏

我想穿越这海上的薄雾，却在迷雾中迷失了自己。是不是找到了可以吹开黎明的那一缕风，就可以寻找到出路？让想象穿过这梦境的渺茫啊？

遥远的彼岸的沉睡的生灵，被花一样的歌声唤醒了，无比缥缈，随风低吟。

昨夜的星星们匿藏在天幕里，它们凝视着大海的美丽，而阳光乘着浅浅的雾逃离在不为人知的日子里。

贝壳是大海给予沙滩最好的礼物，是给彼岸最美丽的慰问。

贝壳们身上最后的微光搁浅在沙滩之上了，无法逃离的贝壳们把它们的幸福遗留在了岸上，更多的云朵则汹涌在浪尖，层层的迷茫渐渐消散了。阳光也重新出现了。

它们永远都不会后悔，大海的沙漏流逝的声音一点点结束着它们的生命，分解着它们的肉体，但它们的故事，它们的心愿，也将化为沙漏里的一颗可爱的沙粒。

优美的背影

在黑暗的角落里，我喜欢去吞噬寂静，让我的指尖流淌那风的影子，让我有机会一个人想起微弱的影子，想起流年。

如果心中有太多的问题，那么就用幻想来回答自己吧。我不知道是哪一束风放牧了云彩，让它们在天空之下缓缓地行进而无比的悠然，我不知道我掌心的叶子，何时要将那份绿色融化到春之色彩中？我那断了弦的风筝，何处将是它的归宿？也许只有当它们的活动都被终止，结局才能够被继续地书写下去。

我一直幻想着当自己架在阳光的瓦砾上，是一件多么美妙的事情。我就犹如一个童话一般，用自己的翅膀震颤那云外的空气，那一些飞虫，尽管是过客，但同样会向我投来羡慕的眼光。

我得一点点的向前，不要让点滴的回忆与幻想就这样毫无声息地消失在初夏的角落里。成长的路会被泪水所浸润，会被梦所无限拉长……

呵呵，无助的时候，我还是可以仰望蓝天啊！那上面藏着我的幻想，愿青鸟可以飞到那上面，将我的幻想与心情衔走，让我的目光定格下这个瞬间，定格下这个岁月的优美背影。

树叶音符

树木在一旁喧嚣地歌唱着，毫不吝啬地将那斑驳的树影一一投到了布满星点光芒的阳台上。兴许这是树叶的音符，只不过它们是不澄澈的黑色而已。

在月光下，阳台上没有再次遍布光丝了，华丽的银色犹如溪水一般席卷而来，大树又开始唱它的歌了，此时，阳台上尽是黑色的音符。寂寞的外壳深深包裹着音符们，不知原委的虫鸣，似乎就是一次次美丽的伴奏。

我无比的怀疑，无比的眩晕。我读不懂这一些音符，正如读不懂昼夜的思考，它们一点点地在光线里盘旋，但始终都是黑色。

也许，这便是昼的苍茫，夜的沧桑吧。

尘埃列车

我只向往过海上的列车，而从未想去在意尘埃。徜徉时，我看见尘埃在路边缓速移动，犹如迷雾之中的沙砾。它们即使经过了马路的凹陷之处，也与其格格不入，仔细发现，我才知道，原来那是蚂蚁们的队伍啊。

它们一生所走过的马路，也许不能够计算，可短时间走过的路程，我却可以轻易地用手指去衡量。我似乎不可否认这种精神，这种流动的心愿与梦想，在寻找舒展的方向，它们曾一次次向季节深处进军，一次次走在威胁的边缘。所以——它们如同尘埃一般沧桑。

微小的梦想不会被一颗尘埃掩盖，一群蚂蚁爱上这忙碌的幸福，并在黄昏时登上了夕阳的高坡。

在蚂蚁的眼中，世界不过是一条路，只通往家的方向……

侧耳倾听

总有一种声音，会让心流泪。选择安静，是不是可以拭去这一些泪滴了呢？

不知道你们有没有尝试过，像我一样地去写很多的文字，使劲而又努力地去写，当你的思路中断的时候，放起一段自己喜欢的音乐，然后默然地用手指尖去碰每一个年少的文字和年少的心……最后，一滴泪，就这样坠入了——纸张上无声的空白。

在这样一个万物归零的夜晚，来到寂静无声的窗前，侧耳，去听安静的绽放。

星星、月亮、皂荚树、夜来香……它们的私语，似乎就是对心的安慰。

飞鸟翅膀的舞动，似乎正在一点点抚平心中的划痕。

当你们像我看到这一些东西，会不会很快乐呢？

就这样……不再彷徨，不再徘徊。

安静的色彩，自己去涂抹，沉默的声音，自己去倾听。

玻璃口风琴

在一个安静的农牧小镇，每一天，那个少年都会拿着口风琴来小镇演奏，那是一个特殊的，玻璃做的口风琴。

他的打扮并不华丽，他的容貌并不俊朗。

但是，他有如同婴儿一般天真的瞳孔，像白鸽子一样的神情。当他的双唇靠着那小小的口风琴时，口中的气息喷薄而出，带着爱的色彩的音符如风飞旋。当小镇的世界为之陶醉倾倒时，阳光便如同柠檬汁一般流淌；湖中的波光，便如同猫眼中的光一般的跳动，矢车菊花也微微倾斜着，与绿草神情对视……

三百六十五天，每一天都上演着这样的故事。直到那个少年慢慢地老去，死去……

当若干年后，有人找到了这个玻璃口风琴。口风琴依然透明的可以使人看清自己的脸，只不过，似乎再也没有人可以使那支口风琴吐出声音，似乎口琴的音符只属于曾经的人。

如果你认为这个故事是真实的，就好好地相信他吧！

总有一种声音

你不曾听见我眼底的呼喊，不曾观照每一次背影的模糊与流转。

终于不想再念，亦愿你一直如是般忽略不见。在亟待救赎的焦灼灵魂的晚祷中，颤抖的心一次次渴求，愿那惊心动魄的念想，你永远、永远听不见。

秋花之痕

秋风里的花枝，没有枯萎的花朵，秋风里的沉默，没有颓废与不安。

秋风里的景色，仅仅只是在凝眸中间上演。秋风，只在你心里播撒温柔的种子。让微微的凉意，静静的怡然，在心底里绽放成一个闪烁的菊花，使之永恒的意趣，在举手投足间——蔓延。

漂浮的落叶也许替代了夏夜的流萤，只不过它们必须要有风的翅膀，飞离枝头到地面那短暂的路程，却让这秋天的流萤穿过了绮丽的花丛，掠过了一簇簇的青草。飞上了如梦一般的归期。

清澈的花的伤痕，不知是哪一种美丽曾经燃烧？纷纷落叶犹如一只黄蝴蝶没入曾经的花丛，指着夏天的往事；朦胧的雨丝里花朵们曾酣睡成怀旧的色彩。背着闪烁的沉重的星星，在越来越深的季节中企图走出斑斓的记忆。

幻梦之途弯弯曲曲，梦呓一样的花斑在阳光下不停地灿烂……

我们俯身寻觅，却览不见须臾。我们纵身眺望，却看不见终点。手表嘀嗒的步履沉沉地睡去，秋日消散后，还会有谁站在遥远的彼岸，用伤痕累累的心雕琢出曾经温暖的意象。

行走在秋天和弦上，花瓣染上了的星光的颜色，秋天的花痕，果真在澄澈之中带着忧伤。

节奏

静卧在窗台边缘，就像静卧在季节的深处仰望着无云的蓝天。

从最初的梦中逐渐地醒来，回忆在细腻地拍打着梦中的心事。任那窗外的雨滴潮湿了我的遐想，我的心，成了泪水气息的土地，日期开始渐渐变得潮湿了……

纷纷扬扬的空气渐渐驶来，我想承载一份美丽的情愫。

种种的过往在眼前浮现，

你说不出，我也道不明。

当这世界所有人都遗忘了自己，还好，我还记得自己。

关于孤独

我和无数个你们一样，喜欢把不可言说的情感定义为寂寞或是孤独。这并非表达上的单一或是强说忧愁，而是词语背后潜藏的含义往往难以启齿，于是索性让自己的言辞变得模糊，只等待能懂的人与自己的心意契合——就在句段交错出的一个优美的时态中契合。

青春幽梦

昨日的青春，正在浅浅的阳光中浮动，但是时间的流逝，使得它们渐渐地被云层磨得细碎，因而，让人无从找寻，只得在梦中重合……

雀鸟飞不进时间，楼房未醒出长眼，河水微微苏醒，映走了冬日长长的梦魇。空气中并非都是温婉的和弦，交杂的伤痛苦涩了绻缱下青春的迷惘。枯萎过后，只有通过时间才能征服时间。

夕阳沉了余晖，空响萧萧似见呼。冬季的泥土向四面八方伸展，蔓延了虚构的寂寞。

隐匿在萧索背后的空旷回音，恍然间跌转出悲凉的绝唱，在犀利与颓败的光芒中一点一点吞噬掉蹁跹的风姿。碎冰，薄雾，朽木，掺杂着没有鸟鸣没有叶响的寂然，化成一幕幕浅浅的幽梦。

晚霞和风

晚霞为风而停留，沉睡中的夜色静静地呼吸，晚霞与风，脸贴着脸，在诉说些路人们不明白的心情。

晚霞羞赧地拉过风的手臂，不想让她离开。原来风的心，也有柔软的时候，否则天边镀金的云朵，又怎样卷动了发丝？

晚霞微微地低头垂下细长的睫毛，去望风从一个方向跑去了另一个方向，风轻轻地抬眼穿过树叶和花的目光，伸出自己的小手去够一点夕阳的潮湿。

晚霞它一定沉默过却暗自为风拍了看不见影的照片。它从草和树那里知道了风经过的路只有从它身旁经过的飞鸟仔细瞧过它被吹红的双眼……

青春之始

光怪陆离的城市，被空色笼罩着，我站在城市的一角，风儿匍匐在荒芜的土地上。

坚定地扬起手中的风，满世界便都是回声。风的列车奔来，带着寂寥将大地的影子硌的生疼，似乎在做着短暂的亲吻。那些尘埃渐渐落定，时间的容器，将记忆缓缓地沉淀。而我，永远保持着前进的姿态，永远以这种不断前进的姿态得到新的重生，永远的信念，成为我内心的坚实。

我们世界充满太多的嘈杂，嘈杂的话语在狭小的空间里前赴后继，于是眼睛常常跑得比身体更远。

但是，我们都一样，尝试着一直努力地演绎着自己的梦想，但是却不迷途与成长的道路上，手中紧握着带着暖意的言语，迈着小小的步伐，像是一个忘了自己的姓名的长途者，彼此只知道用青春腾出了一幕幕旋转不停的时光。

我的心绪以春天般的姿态向你发出邀请，男孩和女孩们，进入青春的列车吧，如同步入童话世界，像是一条流入大海的鱼儿。不要惧怕在群体之中奋力地穿行。拥有简单的床和布满灰尘的玻璃窗，窗外的暮风和云色暖着我们的心灵，不必带上其余的行李。我们就是这样出发……

与花对话

我和青春的同路人一同采下每一朵被花雨浸润过的花，不问它的来

历，不问那最后的花期，不问它的开始抑或是结局，愿用醒得最早的露水，让每一片花瓣更加明澈。你们知道吗，花蕊里就藏着我的幻想，并承载着无人知晓的心梦。

花啊，你的蕊中饱含着怎样的泪水呢？你可否将你的梦境托付于我，将那些裸露在日晒雨淋下的心事悄悄打开，我愿敞开心扉，去探求你最宝贵的秘密。在那无声的雨夜，给你带去爱意的双手。

花，你只不过是一朵花，但是几只蜻蜓或是蝴蝶却仍读不懂你的心事。而你又是否知晓，你那短暂的花期，最灿烂的那几日，便如同我们此时此刻的青春啊。

在季节的深处，你盛开着，落下的花瓣，泛起时光的涟漪……

逐渐的，你忘却了我与你的对话，如同忘却那某一段浮华的时光。

梦里

平铺在内心绵长而绻缱的情愫，便是生命中无法忘却的一个又一个美丽的梦，被晨光的颜色所浸润。

梦里，看见幽凉荒原中的灼人目光，搅得包裹的伤团一瓣瓣绽开，还带着些浮游的火丝。

梦里，看见瞳孔里有欢乐升起，纵然风向不明，也就在这一瞬爱上了时间之外的那个小小哑谜。

梦里，心绪开启夜晚，真心地向往比空旷更加辽阔。面对未来，除了仰望还是仰望，一双不能伸直的手，一缕无法穿透的雾，一脉不能磨平的期盼。从一个梦境到一个现实，至此，我坚信只要努力就可以靠近。

梦里，有如那书皮一般带着些瑰丽而平实的想象。紧闭的门缝里总是漏着一两点细光，带着梦的意味，像是童稚时诱人的火焰，总是举起我幼稚的想象。

在梦里，我照见了小小的自己。

在梦里，在梦里……

透明的心

伫立在郊外的田野，看见远处的山与近处的风景，依然竭尽全力地拉长透明的距离，乐此不疲。

水永远是透明的。可是，透明的是盛载着脆弱与孤寂的水杯，还是他体内安静着澎湃的大水滴？空气在风中仓促地轮转，一些看不见的灰尘贴在列车的玻璃上，又因为有灰尘，我们才看得见了玻璃。

纯洁明净的东西，竟都是要通过污浊的现实，才能反映出其透明。时光晃到现在，我终于明白，童稚时，我的心里窗明几净，是因为我需要更多阳光，需要更多光芒携带而来的灰尘的依附。

列车撞击铁轨的声音冰冷而有节奏，蓝天渐渐褪去了它的冷白，那些透明中最浓厚的黑，便埋藏在更深的黑中。

清冷淡然的旋律，好像蓄满寒风的翅膀，穿越重重铁轨遍布的大地，如水般倾泻在穹空之下，升起照彻夜空的火光。清浅到极致，竟是痛饮冰泉最酣畅淋漓的表达。

古风民谣里降生的情愫，在月光下渐渐清晰。

我的心渐渐变得明亮。那是站在舞台中心的明亮。

第一辑 小说部分

摩登少女

一

湘江边上的风把绿汪汪的樟树叶子连同蝉声一同吹拂起来了，一浪又一浪的，让人觉得夏日，果真是美得有些惊心动魄。

风微微止住些许的时候，一双月白缎子的软底绣花鞋踏在了青石板上覆着的那层厚厚的樟树叶上，鞋尖上那绣着的两瓣肉色的白晶菊，散发着别样的光泽。

夕霞的举手投足间，的确是有一份他人不及的风情，就连拖起一张椅子，都显得那么雅致。她春葱根子似的雪白的手指，就那么玲珑地三两个一同翘起，便勾起一把梨花木制的椅子，才只拖着几米远，她又把那椅子往青石板地上一顿，那些个樟树叶子，顷刻间像水上的涟漪一般的荡漾开去，夕霞转身往梨花木椅子上一屁股坐下，仿佛什么都没发生过似的，把左手搭在跷起的大腿上，右手则拿起一柄檀香木扇，极其富态地扇了起来，扇上的蚕丝图上，是有名的镜花水月图。

佣人杨妈紧随在夕霞后边，吩咐着其他下人搬来两张藤木椅和一张红木咖啡桌，并将事先用锌氧粉擦亮的几个杯壶摆上桌子。夕霞随手拈起一个镂着玫瑰图案的咖啡杯，五指握着杯子底座，在双眼前旋转式地观赏起来。这时，杨妈正好端着一壶热气腾腾的咖啡走了过来，夕霞便旋即放下杯子，从五花瓣的水晶玻璃碟里，挑出几块五香牛乳酥送进口里。

她转动了几下无名指上那枚莲子大的钻戒，像是在转动钟表上的时针一样。几名佣人站在夕霞的旁边，一个个斑白的鬓角旁也渗出了些许的汗水。

“啧！怎么搞的，不打算来了，是吧？”夕霞说。

杨妈马上安慰她道：“没事的，小姐。梁冰小姐和苏苏小姐每个月不都是这个时候来嘛，再等等吧。”

“哼，就她们俩，一直都是娇惯够了的。尤其是梁冰，每一次那么晚来，不都是花时间打扮自己，想来跟我一争春光呗。我还记得去年那舞会上，梁冰那丫头也是迟到，结果来的时候穿得一身银白，还学她妈，绾着个贵妃髻，什么手镯珠宝，金碧辉煌地缀了一身，哎，那些男仔子都抿嘴笑她呢，她还真是不嫌累啊她！怎么不去跟上海滩的那些姑娘去比呢。”说罢，夕霞咯咯地笑了起来。

杨妈在一旁也浅浅地笑着，权当附和。夕霞接着说：“倒是苏苏更会打扮，她不搓胭抹脂的，可把自己调理得跟个水葱一般的，嘴唇上的蜜丝佛陀淡淡轻轻，毫不浓稠。头上常绾着杏黄色的发带，一身淡蓝色的薄绸长衫，再配上红宝石坠子，确实精致。可惜啊，她到大了还是一副学生仔的模样，还老爱读一些欧美小说什么的，上次她还跟我们讲，说将来想留洋念比较文学呢。”

夕霞正说着，一辆黑色的小车缓缓驶了过来，夕霞挺了挺身子，嘴角一扬，笑道：“哼，来了。”

“李夕霞大小姐，久候多时了。”梁冰一手挽着苏苏从汽车上下来，脚步还姗姗扬起，两人都显得风华翩跹。那梁冰依旧是那么喜欢打扮，穿了一身乳白底子紫纱洒银片的薄纱旗袍，一连串的珊瑚梅花扣衬得她那粉扑扑的瓜子脸更是光彩照人。苏苏斯斯文文地伴在梁冰旁边，穿一身丁香紫的衣裳，除了头上换了一条银灰间青苹果绿的丝带以外，就手上多了一个蓝色扭花镯子。

两人纷纷入座到事先摆好的那两张藤椅上，梁冰毫不客气地从碟子里拿起几块什锦饼干大口咀嚼起来。“我说夕霞啊，今天的茶会，除了这点咖啡以外就没别的吃喝的了吗？我今天想换点口味，我要喝茶。”

“有的，有的。”杨妈赶快拿出一个长颈瓷壶：“这是上好的铁观音，梁小姐如若喜欢的话，可以从那个描金的乌漆盒子里刁一颗波斯枣放在茶里，还祛痰。”

“谢了。”梁冰接过刚沏好的茶，吹了吹茶上飘着的雪末儿似的热气。

“你倒好，平时专爱喝那么一些不加糖的苦咖啡，今个儿怎的想起喝茶来了。”夕霞笑道。

“自古文人雅士不都爱这货吗？咖啡，是喝，茶，得品。”听着她这腔调，几人都扑哧一声笑了，梁冰自得地抿了抿嘴，眉宇间透出一股妩媚。

“好生怀念那时候在苏苏家喝的茉莉香片，现在只怕是喝不到了吧。长沙这几年，老得可真快，连湘江的风都有了一种硝烟的味道，真不知这是怎么了。顺治爷的王朝刚不在了，现在那些游行队伍却天天从我家楼下经过，高喊革命什么的，真是不晓得怎搞的，搅得我们这种人都不得安生。”梁冰说。

“太平天国，义和团，辛亥，五四，革命好像真是没停过啊，”苏苏顿了顿，说：“算了算了，不谈这些东西了。”

“哼，我嘛，喝好吃好睡好就足够了。我妈说了，等我爸忌年一过，我们就搬迁去上海，不待在长沙这热得死人的鬼地方了。我这人啊，天生按捺不住寂寞，就是要有灯红酒绿相伴才行，上海那十里洋场的花花世界，想想就对我的味。”梁冰说着，啜了一口茶，用牙签刁出泡在里边发了胀的波斯枣，掂到嘴巴里。

“莎翁说过，那些喧嚣的事物它们一无所有。”苏苏立马拿出典故接梁冰的话，梁冰也回了她一个斜眼以表示不屑。

“今天是最后一次了，此次一别，咱们姐妹不知道何时才能再聚。”夕霞说。

三人互相对视了一番，无言良久。梁冰最先大叹了口气：“扫什么兴啊，霞，这事知道下就行了，别搞得那么煽情咯。”

品茶，吃食。湘江边的三个女孩，在微热的风里，就这样咀嚼着时间的味道。

“前几天我妈告诉我，我在浙江的姑妈她们去美国的航船，在半途上触礁沉了，我表姐孤身一人，现在在上海的演艺界当模特，也不知混得出什么。我妈为了这事大哭好几番，大呼冤孽，眼泡子肿得好大一个。这事说明什么，说明人就一辈子的事！人生得意须尽欢！”梁冰用急促的语调说着，但难掩自己心中的悲伤。

“美国，现在的人家都想着那块地方呢。”苏苏把目光转向夕霞，问：“夕霞，你……”

“你是想说青夏吗？这一年多我只收到了他的一封信，大概谈了谈他在那儿的生活。没别的。”夕霞轻描淡写地说着。

“你还好吧。”苏苏问。夕霞清浅地笑了笑，摆了摆手。

“说起青夏，我就想起他走之前大家在百乐门的那次舞会，天，那可真称得上是我人生中一次最有意思的盛宴了。第一次看到了苏苏跳交谊舞，第一次看青夏和夕霞跳交谊舞。我说夕霞啊，那一天你的脸上既流露着幸福又流露着痛苦，我都难以形容了，不过不管怎么说，还是很有气韵的，毕竟你漂亮，身材也好。至于青夏嘛，天生就俊朗，气质也不错，只是那天拘谨了些，倒显得不那么英俊了。啧。听说你们是上中学的时

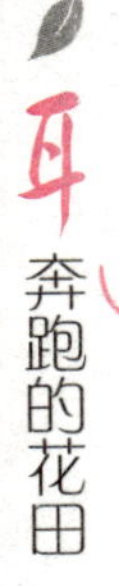

侯，因为上课迟到，两个人在楼梯间撞到一块的，哇，想想就，那什么？哦，罗曼蒂克。”

“有什么，都过去了。什么都过去了，多想想以后吧。”夕霞也喝了一口茶，微微小咳了两声。

“为什么繁华总是易逝。我不懂。”梁冰不停地抱怨着。夕霞把目光投向远处的风景，思绪开始慢慢被抽空了般，陷入回忆。

身上的法国香水味道，开始氤氲她起伏不定的呼吸，如同潮水裹挟着她的心脏，给她一种温柔的窒息感。苏苏和梁冰一边吃着盒里的高级果脯和什锦饼干，一边谈论着上次百乐门精彩的一夜 Party，梁冰一时间笑得花枝乱颤，兴致一来，两瓶干醇葡萄酒下肚，高耸的两颧不久就被熨得暗红了——啊呀，笑——笑死我了——梁冰尖细的叫声在空气中回荡，把蝉鸣声盖得恰到好处。她笑着，笑着，两条紫黑的眼线交界处，不知不觉竟渗出一颗莹汪汪的泪来，也不知怎的，梁冰不由分说地像猫儿一样地呜咽了，一声一声低低的呜咽中还伴随着有几阵剧烈的咳嗽，感觉有一大团东西要从喉管里吐出来了一样，她奋力捶打着自己的胸口，脸上扭曲的表情依旧反复，似乎被许多事情的记忆蚕食。

苏苏慌忙中帮梁冰提起珍珠包包，就这样向夕霞道了再见，然后扶梁冰上了车，结束茶会。夕霞什么话都吐不出，只默默注视着黑色轿车驶离，那汽车乌黑滚滚的尾气像水波一样流出，夕霞倏地震颤了一下，那乌黑的，滚滚的，不就是去年夏天大湘江里的水吗？

——那一次黄昏，就是在湘江的码头。

——你看，霞光跟你的名字是一体的。他说。

她望着他深色的眼波，那里面流动着一种幸福的眩晕，那是一种幽隐的错觉，夕霞后来才发现，那里边倒映的，其实只是她干瘪的面目。

一言不发，目送，目送一场思念的渐行渐远。

念想的光芒，由江河流向大海，晚霞，由黄昏，流向暗夜。上了船，就是一生。她只给他留下两个字:记得。

还是不想了吧,想了也是这样,这天地什么时候因为你的想,而改变过什么呢?

夜幕转瞬到了,夕霞目睹着霞光的又一次沉沦,她啜了一口冷气,心肺凉透。杨妈随着她往家走,夕霞走了几步,又回头望了一下江面上的天空,不知道为什么,她竟对这江,对这城有了一种莫名的疏离感。孤独在大地上蔓延的触须,一点一点绕住她的身子,连她的影子都动弹不得了。

她直直面对着这江面,忽地张开两片薄嘴唇,一声惊天的喊叫剧烈地呼出,撕心裂肺一般……

失去了方向的等待,最终演化为了无始无终的信仰——就是这代人。

二

夕霞,后知后觉地伫立在了夏天的尾巴上,梧桐树枝交错出的天空,呈出一方蔚蓝。一只黑色凤蝶在这清澈与美丽间神游许久,尾后留下的弧度,像是看不见的风,划开了两个冰凉的世界。

她心中明白,那个正随落叶凋零的世界,是她的昨天。

她拂了拂身上黏着的黄尘与苍耳球子,来到一条小溪边。这会儿其实没有风,可她却觉得这小溪子里的水皱了,皱得好生沧桑,连水里的鱼仔虾米都游不动了。

怎的?你还不认老吗?——夕霞哼的一声笑了,如若梁冰这时也在的话,她想她一定会这样说的。夕霞仔细看着水面上自己的脸,其实这并不似涟漪啊,肌肤上的每一条皱纹都镌刻得那样匀称,把过往的年华掩盖到极致,从那一条一条长短不一的皱纹里,仿佛还能够度量出岁月的跨度。真是诡异的光阴呢。

“外婆，你在干吗？”从她身后突然冒出了一个小人儿，她挎着一个斜肩书袋，头上扎着两条小羊角辫，小脚一蹦一跳的。白白的脸上盈盈的笑容，映在水里，像是甜蜜的涟漪。

夕霞微笑地注视着小羽，轻抚了几下她左耳边的那根羊角辫，再一圈一圈将那乌黑的小辫子绕在自己甘笋样的食指上。恍惚的冰凉夹杂着一种秀发的暗香，开始幽幽流入她的胸腔，记忆的潮水，天鹅绒一般蹭着她的脚踝，好多事情，清晰如昨地浮出来了——最后的战争，终于还是来了，可是来得未免太快了一点吧，1949 年的炮火，击穿的不仅是空气，还有人心、乡愁。苏苏，你走吧，走得远远的吧，去法国寻你的大仲马，去英国找你的莎士比亚，欧洲，那块土地，凝聚着上帝赐予的，世界上最浓重的爱恨情仇，可是你的眼睛那么纯，触及那里的风物后，真担心它会暗淡，你对我一遍一遍地说不会，因为那里有你理想的所爱，可是，少年的梦是多么廉价，廉价到不堪一击，我们看得还不够透吗。——啊，是硝烟，是炮火，别回头，别回头，那个漂亮的影子，不要回头，梁冰，原来，原来你一直都在硝烟里生着病。你还在上海吗？上海，上海，你爱它，是爱它的风月，还是爱那里的沉沦，为什么你的信里一直反反复复说你没事？没关系，我们聚在一块，一杯咖啡就足以消愁了，不过，横亘现实的距离，真是让人猝不及防的啊。战争——流离——颠沛，不要，不要再把那些血和泪交织在一块了吧，那残酷的色彩杂糅成的背景，早就迷乱了那日启程的夕阳了。为什么？长沙就容不下我们了吗？台湾海峡的水，已经在心里边，汹涌了无数次了，那海水，比湘江的水，还要黑得多——

外婆，你听见我说话吗——我在听，我在听，哎——原来命运就是这回事，就让我在这小山镇落脚吧，我这一生——外婆，你在听吗——莫急，我在听，听——罢，就这样吧，命定的，可是你们，你们在……外婆……

“想起了很多以前的事情。”夕霞无奈地挥了挥手，把小羽一把搂进了自己的怀里，小孩子身上有一股皂荚的香味。

“外婆，有人在我们家门口贴了张大字报啊，上面的字比猪脚还大些咧，但我什么也看不懂。”

“不懂就好。”

“外婆，村上又有一群人聚在一块吵了，那个尖眼睛的，刮瘦刮瘦的老头又叫你去。”

“哦——”她随口应了声，目光转移到了溪水里的妖娆摆动的水草，她轻轻闭上了双眼，手指试着轻轻跷了起来，没有一丝倦意地跷了起来，她试着回想过去的点点滴滴——幼年，童年，少年。一时间，她觉着自己的手指，变得玲珑，雪白，像一根春葱，婀娜无比。

“外婆，你又要去戴那种又高又尖的帽筒了吗？”

“嗯呐。”她说着，又睁开眼睛对小羽说：“走，到外婆家，吃米粉糊去。”

小羽顿时乐得拍起了手。她高兴地牵起外婆的手，当她那双小手伸进她那双长满了老茧的手里时，小羽的脸上顷刻间有了一种不可思议的表情，仿佛她握着的是一块羊脂玉，温柔亦冰凉。

三

许多年前的那个2003年。我去过一次母亲的老家，那是一个名叫永和的湘东小镇。永和，带有“永”字的地名，听起来倒像是一个植有信仰和理想的地方。

我对那里最感兴趣的地方，就是老家边的一条小溪流。我喜欢把手伸进那条小溪里，在清凉的水里搅动水底那些比阳光还柔软几许的泥土，等待心中一点一点充盈满满的惬意。而当我抓住了一只透明的小鱼或是小虾，我便会把食指与拇指的力道集中在一块，把这些可怜的小东西夹在指腹间，压成肉饼，然后一点一点搓成细细的肉沫儿，让它们像雪花一样，轻轻盈盈地飘入水底。

后来我意外地得到了一只白色小茶杯，我开始把自己捉到的鱼仔虾米装到杯中饲育起来，天生有种破坏欲的我，竟然莫名中觉得生得美，原来要比破坏的快感，来得更为微妙、持久。

给我那杯茶的人是我的曾外祖母。她自然不会想到这小小的茶杯会为我做此用。那时候，她盖着被子，躺在一个披着微微发黄的白薄纱的古式木床上，妈妈告诉我，曾外祖母在好几年前因为泼水时滑倒，摔断腿骨，无法下地走路。

我试着走近她，当她抚摸我的手的时候，窗外漏进来的阳光，刚好洒在她的脸上，我清楚地看到了她那张松弛的脸，被阳光衬得却显得几分明媚。我呆若木鸡地注视着曾外祖母，冷不防地吐出一句你多大了，惹得一旁的人大笑。

她却没有笑，只是越发仔细地端详着我的脸，攥着我的小手，抚摸不止。

家的门前长着几棵矮小的紫薇，两只黑色的母鸡在地上啄着掉落的花瓣和沙砾。多年之后当我回想起已故的曾外祖母，能够想到的，也就这些了。不多也不算太少，模糊得恰到好处。

四

母亲告诉我，曾外祖母的名字，就是黄昏之时，在晨昏线处徘徊挣扎的最美妙的色彩。她生前一直不太喜欢这个名字，多半是觉得自己的名字戏谑地反映了她的一生，因而直到曾外祖母九十岁去世，也未曾和别人聊过她的那个时代。

我喜欢老人，许多年老的女性，大多都面对过家族的倾轧，生死的挣扎抑或时代的兴衰。她们既有岁月赋予的厚重精神，却也保持着细腻的洞察。她们慈祥宽容，身上既有足够多的失落，在与后代接触时，亦总爱把与当下世界的不适应而留下的失落，继续留给自己。

关于我的曾外祖母，我只从母亲那里得知过：在她最年轻的时候，她和她的姐妹被人合称为当时的“长沙三妖”，在大湘江河畔的家门前，她们时而悉心打扮，争奇斗艳，坐观街上往来的摩登女子。

心里多少对她有种对待传奇般的敬意，当然更多的是对属于她们的，那个忧患重重的年代。不过，忧患也不完全是过去的事，因为它在以生的形式，循环不息。

过去是，现在也是。

抹香鲸的琉璃街

第一章　引子

深海的海带田里，万顷的海带闪着荧光的深绿，沙丁鱼群匆匆袭过，海带上的光泽便一浪胜过一浪。银色的小乌贼姑娘，双眼凝视着海带从

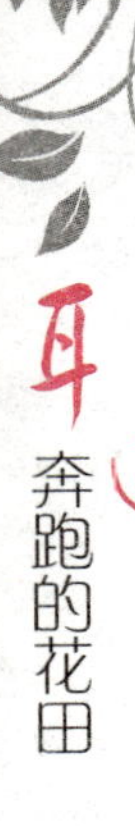

间的缝隙，蛰伏在海带丛中，用纤白的如同葱尖般的柔软触须，弹奏着一曲曲的乐音，这乐音，幻化成海底莫测的水流。

在海带丛的另外一端，还有一只橙黄橙黄的玛瑙水母，她是大海中的小仙灵，这是她第九百九十五年的修炼生涯，再过五十年，她就功德圆满，列入仙班。

小水母常常会使出令人意想不到的魔法，可是，她是那么小，如同一颗橙黄色的水球，在海带间滚动着。它注视着眼前匆匆袭过的这片蔚为壮观的沙丁鱼群，那鱼鳞上折射出来的光泽，甚至令它打不开视线，但是，它感觉到了，从海带丛间弥漫的乐音里，它听出来了，那是一种哀怨，一种逃离之中不可言状的悲伤。

刹那间，沙丁鱼群消失不见了。小乌贼姑娘的乐音在这一片空旷中，更加清晰了……

深海中出现了少有的静谧，寒意变得浓重了许多。海带田里的海带们停止了那疯狂的摇摆，那一些荧光的深绿色，亦不再气势恢弘地簇拥、席卷。它们一个个把自己的色彩沉淀下来，或任由着那份颜色小心翼翼的一颗一颗从带尖上滴落下来，或是静静地泻着。

海葵收起了斑斓的触手中央的毒囊，海参和海胆也都躲回了自己的巢穴当中。珊瑚草和青藻逐渐地浮在水中，等待着浮游生物们带走它们的躯壳。

好似一根弦断了一般，小乌贼姑娘的乐音顷刻之间停了下来。在海带丛另外一端的小水母，倏忽觉得惊恐起来了，它在瑟瑟地发抖，亮丽的色泽变得深暗了起来，就在那一刻，巨大的躁动降落在这一片海带田上，简直令人生畏的水流急剧地盘旋，海带们又像是脱了缰的野马，不停地摆动起来，一大片荧光色的海洋在深海里被卷起了旋涡。小水母努力地固定住自己的身躯，紧紧抓着一小片海带。

躁动变得越来越压抑心田了。一声巨大浑厚的吼声，震碎了水波，直直地轰入每一个大海生灵的耳朵里。小水母觉得自己的双耳剧痛，触角已然无法控制，便被卷进了海带丛里。

巨大的身影正浮动在小水母的头顶上。它看清楚了，那是抹香鲸，一头巨大的抹香鲸。庞大的躯体覆盖了它身下的这些生灵们的视线，它的嘴里，还衔着一只微弱挣扎的大王乌贼，乌贼的躯干已经被吞噬了，剩下的那些狰狞的触须，也一根根地被吸进到了抹香鲸的嘴中。这一刻，巨大的抹香鲸又开始怒吼了。小水母感到自己失去了意识，安然地闭上了眼睛，沉入了海带丛底……

海面上，满是船的残骸，被人类冷藏于船内的一箱箱金枪鱼，也四处地散落在海面上，大片大片的，蔚为壮观，但是在阳光的折射下，却反射出触目惊心的光泽。

一位年轻的渔夫忽然从遍布金枪鱼的尸体的水中探出身子来了，他双手紧趴在一块木板上，大口大口地喘着粗气，贪婪地呼吸着，嘴边渗着白花花的海水泡沫。

他向周遭张望着，却不见一个人影儿。他渐渐陷入了一丝绝望，还有悔意。不可言状的情愫在他的心里开始不住地盘旋着，但又感觉脑海中被抽空了思绪一般，他只感到浑身无力，一片蔚蓝而又壮阔的大海似乎随时都有可能吞噬他的躯体，他只觉得仿佛当下这样的喘息都显得弥足珍贵。

渔夫静静地卧在那块木板上，松软得像一块黄白色的海绵，似幻非幻的意识里，那好几个月前的事情又如烟般地在他的脑海里浮现出来了：那一天晚上，天空星辰遍布，他和他的同伴们驾着一艘巨大的渔船，从海边小镇上出发，那晚天空的星辰亮得如同海蓝色的宝石，海风打开了他们每一个人期待的眺望，少年们万分的激动，却都按捺着心中的感触，不曾言语。

古老的紫色卷轴上记载着这样一个传说：

在远方的大海里，万鱼日日共舞，为了它们的王而欢呼，神圣的雀跃点燃着深邃幽蓝的篝火，当巨大的抹香鲸从深海更深处游来，顷刻间珊瑚的灯光缤纷斑斓，海葵的触须欢跃跳动，无数的礁石化成美轮美奂的琉璃街道，俨然海底的皇宫，数不尽的珍珠和玛瑙从鱼儿们的口中如雨水般吐出，人鱼、赤色海龙和一群群可爱的海鬼儿们，就在这个时候出来欢畅，和海洋中的贵宾们一同，在琉璃街道间自由来去……

自小的时候，它们便听着这神奇的传说，而今，他们正是为了实现与这信仰的约定，前去那海滩的远方，大海的深处，探寻那神秘的琉璃街。

临行前，镇上的神婆用巫术占卜，她告诉这些年轻的孩子们："要找到那传说中的琉璃街道，需得引出守护那儿的神，那头巨大的抹香鲸，杀死它。要找它不难，切勿忘了：大王乌贼，是它的美食。"

大家都纷纷记在心里了，为了引出抹香鲸，于是它们首先就去寻大王乌贼。年轻的渔夫们在不远处的海域里捕捉到了一只又肥壮又有力的大王乌贼，再把它折磨得半死不活的，以备用作诱抹香鲸上钩的饵料。

他们照着神婆的指示，还有镇里的古籍上的地图，日夜航行，一个月，又一个月，就这样倏忽之间过去了。他们在海路上捕捉到了不胜枚举的鲨鱼和鲍鱼，却不见一头鲸鱼，久而久之，成日的鲍参翅肚的海鲜大餐，已经将他们一个个小伙子滋养得壮硕起来了。

直到有一天，他们发现了一群罕见巨大的沙丁鱼群，隐隐中，那鱼群似乎就向他们透露着抹香鲸的来路。于是，少年们当机立断，将圈在网中的那只可怜的大王乌贼放了出来，一阵寂静之后，海面上下起了小雨，少年们一个个都有些颓丧了。可是啊，就在这个时候，海上像发生了地震一般的，出现了一场巨大的骚动，海浪急急地打了过来，他们一个个都清楚地看见了，海浪下，一只比他们的船还要巨大的鲸尾急驶来，少年们克制着心中的恐惧，准备好手中亮着锋芒的渔叉，一个个转甩着，然后像鲸投了过去，嗖嗖几阵风声过后，它们听见渔叉刺入了鲸鱼肉体的声音，少年们心里有着快意，血色很快就浮动到它们的船边，但就在这个时候，巨大的海浪向他们扑来，年轻的他们声嘶力竭地哭喊着，不知所措，但那毫不留情的海浪，也就在这个时候，完完全全地压向了他们，狂风暴雨前的那一声声哭叫，被宏大的一声巨响——彻底地平息了。

那个已经奄奄一息的名叫安的年轻渔夫，正是那一群年轻少年中的一员。同伴们如今究竟怎样，他已经是不得而知了，现在，他连想的力气也没有了，眼泪不自觉地从眼角渗出，流到海水中，不见了踪迹。

海上忽然卷起了一阵旋涡，像是龙卷风一样袭来，还伴随着悲痛的呜咽声。海上的海鸥们已经吓得四处逃窜而去，一根根洁白的鸟毛掉进了这旋涡之中。旋涡很快地向安靠近了，可是他早已经闭上了双眼，无心和这可怕的大海做命运的纠缠，他什么都认了，就等着海神给他的无知下最后的审判与裁决。

就这样，他被卷进了那旋涡之中。

不知度过了多少梦境，安醒来之后，自己已经身处一片小岛上，他惊讶地发现自己并没有死去。

海滩边上，海浪推来一丝丝幽蓝色的光芒，微妙而又神秘。安撑起自己的身子，朝着那片光芒一步步走去，啊呀！他简直不敢相信自己的眼睛呢，在那片蓝光之中，竟然有一个酣酣睡着的十岁左右的小孩，他被深蓝色的柔软襁褓裹着，长长的睫毛上挂着几颗晶莹的海水珠子，呼吸之中透着一股清凉的海风的味道。这一定不是一个简单的孩子，安想着。

安把孩子从海中抱了起来，海水中的那片蓝色的光芒顿时消失了，他轻轻抚摸了下孩子的小头，他微微颤动了一些，嘴角仿佛露出了淡淡的笑意。安觉得孩子的笑就像是过去叶子落在井水里，泛起的朦朦胧胧

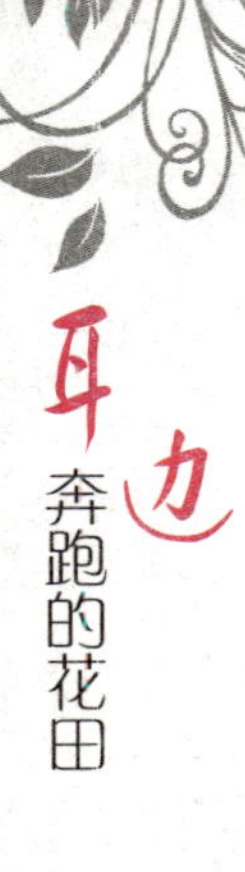

的涟漪，便给他取了个名字——井叶。

安决定在这个小岛上住下来，顺便带着这个小孩儿一起长大。

光影荏苒，时光不再。

令人意想不到的是，在这个小岛上整整五十年过去了，安已经渐渐老去了，曾经强健不怕风吹雨打的少年，如今已经成为了一个白头老翁了。而对于那个孩子……一切，仿佛都是昨天的事呢，十年如一日，孩子却只长大了五岁，因为，五十年前安便早已心中有数，井叶，不是一个普通的孩子。

"爷爷，我今年多大了来着？"天真的井叶用那闪星般耀目，海水般深邃的目光打量着他的爷爷。

"从新年开始你就一直在问，我说过了，你呀，今年十五岁了——哈。"

第二章　小食梦兽

安和井叶所处的这样一座小岛上，除他们之外，是没有人类的。这里遍布无数太古以来就有的古树，小岛上没有什么高山，却有不少的流水还有浓密的大森林，零碎的仙草奇花，常常顺着雨水，流到森林里的小溪中，贯穿着整个小岛。

岛上居住着许多的仙兽，它们和这些古老的树木们来自同样久远的年代。不过，从它们身上似乎看不出什么岁月沧桑的痕迹，有很多小仙兽恰恰是很可人的，比如说食梦兽，他常常把竹叶青小蛇当作呼啦圈不停地转，把它转晕后，再神不知鬼不觉地把小蛇抛到盛满了粉色花瓣的小水洼里，给它好好洗个花瓣澡。

食梦兽的样子是不断变幻的。最令人难以想象的是，他的颜色常常变幻得微妙到简直让人不敢相信这是自然界所能够存在的颜色，就算是在梦中，想必也十分罕见。

整座岛上只生活着这么一只食梦兽。井叶和他的爷爷安，都很少能够见到他。或许，在他们吃着三文鱼片、喝着花瓣汁，然后静静入睡的时候，小食梦兽就伸出了自己的那一个小小的斑斓的爪子，扒开窗户口的藤萝，小心翼翼地落到了金红色的木桌子上，然后开始在他们的房间里左顾右盼，打量起灰尘来，或是饶有兴致地掰下天花板上的毒蜘蛛的三条腿儿，或是翻翻井叶的日记还有他爷爷写的小诗歌。当然，他最喜欢的，还是莫过于和梦有关的——吃梦。

…………

井叶和他的爷爷住在这个小岛上已经有五十年了，然而，在井叶看来，不过是五年而已呢。

这几年里，他们和岛上的仙灵妖精还有许多小兽们都相处得非常愉快，这是一个没有怀疑和猜忌的小岛，没有任何一个生灵会追问他们的来历和故事。一切都像自然安排好的一样，大家彼此似乎只有善意的流动。

曾经的渔夫安，现在从不现身在海上了，和抹香鲸有关的记忆在脑海里始终挥之不去。为了安心，如今他只待在他精心搭建的那座朴素漂亮的小房里，写下一些诗歌，当然，这不是普通的诗歌，在这座神奇的岛上，任何匪夷所思的事情都可能发生，比如说，用春夏秋冬四季的树叶碾成粉末，然后再把写好的诗篇的纸张揉成团子，跟树叶粉末混合起来，再倒进土壤中去，诗歌，便会一点一点地生长起来。

井叶是一个无比单纯的孩子。仿佛在遇见他的那位爷爷之前，他脑海里没有任何记忆。于是也就顺理成章地和他的爷爷一起生活。井叶非常喜欢大海，他曾经跟一只傲慢的透红小丑还有一只红龙鱼比赛游泳，结果竟然赛过了它们呢。井叶也知道有关于“琉璃街”的传说，他的爷爷告诉他，那是他毕生寻求的心愿，他只是想去寻找，不想惊动一丝波澜，况且，他已年迈，寻找琉璃街的使命，当属井叶了。于是，井叶对大海更加地向往了，琉璃街这个地方，随着年月的增长，在心中被描摹得越来越清晰，越来越斑斓。

所以，爷爷常做着关于诗歌灵感的梦，井叶常做着跟琉璃街世界有关的梦。这一切都理所当然地被食梦兽那个小家伙看在眼里，他像是一个深谙人心的古老精灵一样，当井叶和他的爷爷睡着了之后，他就会悄悄地走到他们的耳畔，用脚爪子尖上那几朵凸出的软软的绒毛团子轻轻拭过他们的额头，然后闭上眼睛，往他们的耳朵里，吹上一口清凉的气儿，两人的身体中央，便会出现一个五星阵仗，这个时候，小食梦兽只需要跳到五星阵仗中央，就可以大摇大摆地溜进他们的梦里。

这一天，岛上刚好下过了太阳雨。空气变得黏糊糊的，紫藤萝的笑意融化在沐浴后的光之尘埃里。风婆子一口气吹下来，小食梦兽就像一团软软的麻薯团子一样，落到了井叶家那小房子的窗口前，爷爷正趴在桌子上小憩，而井叶则侧着躺在地板上，手里还握着一只亮亮的虎斑螺。

“呼呼，好耶，好耶，就是这样呐！”小食梦兽心里头暗自窃喜着，骨碌一个小跟头，就穿过了玻璃，走到房子里来了。

房间里布满了水仙花的香气，让食梦兽有点微微的迷醉。

“呼呼，好耶，好耶，就是这样呐！”小食梦兽对着爷爷使出了自己得意的魔法，跳进了那个五星阵仗之中，开始进入爷爷的梦境。

——豌豆姑娘，今天又踩到寄居蟹了吧，它的钳子把你的裙子弄脏了吧，哈哈。

——一阵凉风啊，舒服……

——沙滩里竟然长出了仙人掌，摘下来送给井叶玩吧。

——风平浪静的，人鱼国王的心情不错，小丑鱼丞相送邀请函给我去参加它们的海底狂欢会呢，可是晚餐的生海鲜的味道却不怎样嘛……

小食梦兽对这些梦境叹了一口气，看样子味道很奇特，因为这是一个个诗人的梦境哇。小食梦兽不敢轻易地尝试，有一次他不小心吞下了一只海马爸爸带着育儿袋里的宝宝在云端遨游的梦境，然后就开始头晕目眩，好像丢了几百年的法力一样，一连好几个月都吃不下一个梦境了。从那以后他便再也不敢贪嘴了。

小食梦兽在这些梦里头时而奔跑，时而驻足，它一直期待着又能够令自己心仪的梦境出现。

这时候，小食梦兽感应到了在许多梦的里面有一团荧光粉色的光芒。心里一阵快乐涌动，因为这光芒是一个好梦的标志。

"呼呼，好耶，好耶，就是这样呐！"于是，它又是轻轻吐了一口气，无数的梦境像泡泡一样被它吹了起来，小食梦兽纵身一跃，抱住了那个闪着光的梦。

"好可爱的梦啊，我都没见过呢。"小食梦兽睁着圆圆的眼睛，细细观察着这个罕见的梦。这是一个有关写诗灵感的梦，或许是因为遗忘，这只梦被掩盖在其他梦境里头，再过长一点时间，可能谁都不会记得它了。小食梦兽发现，这个梦它还没有被想象成一个完整的形状，所以它还有点软软的，像没有煮熟的蛋黄，应该说，它是一个梦的新生儿。

真的好可爱，好想吃噢。小食梦兽心里痒痒的，又仔细地观察起梦里的内容来了。

——我要给每一颗从天降落的小雨滴，起一个清凉的名字。

——大海的目光里，游动着大鲸鱼的背影。

——金色的麦田里……

——雪花飘……呀……飘

——大海深处，抹香鲸……

"看样子它真的没有长好呀！"小食梦兽心里一阵叹惋。它决定不吃这个小梦，即便现在它的肚子已经开始饿地叫了。

让食梦兽饿肚子的后果是非常严重的，它们会不得不在月光下吮吸

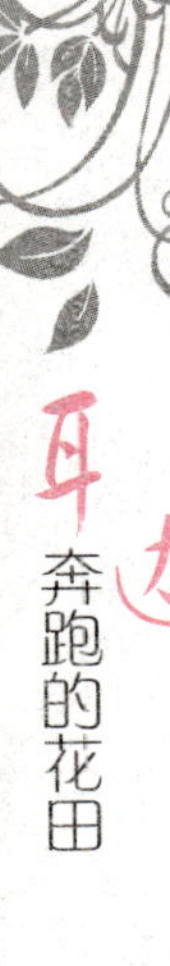

月光，吮吸整整一个晚上的月光，以此充饥。

“要好好长大噢，改天回来看你！”小食梦兽用茸茸的爪子拍了拍小梦，轻轻地道了声别。小梦微微颤动了一下，变成了一个爱心桃的形状。

小食梦兽从爷爷的梦境里跑了出来，晃了晃脑袋，跑到井叶的身边，进入到了他的梦里。

九十九步、一百步、一百零一步……小食梦兽在井叶的梦里逛了好一阵，可是却连一个有意思的梦境都没有发现，因为井叶的梦境之中，全都是平日里最平凡不过的点点滴滴，实在引不起小食梦兽的兴趣，就连那个幻想着“琉璃街”的梦，小食梦兽也是不屑一顾的。但它还是很有耐心地继续深入，用敏锐的嗅觉搜索着梦的味道。

忽然，小食梦兽的双眼一亮。他感觉到在距离自己不远的地方，有一片壮阔的梦。小食梦兽赶忙加快了自己的脚步，以一缕彩虹般的姿态，迅速地朝梦境深处奔去。

唔——那是大海的声音啊。

小食梦兽眼前空无一物，但是他却无比真实地感受到了海浪的声音，海贝酣睡时点点滴滴甜甜的呼吸、海星触手微微移动的声音，还有海藻的腥味。真实、美丽、深邃。

很显然，这一块巨大的梦境被封印了起来。是一种，很古老、很强大的魔法。小食梦兽忽然想了起来，在很久很久的以前，食梦兽爷爷曾经告诉过它，有些梦可以作为兽儿们可口的美食，可是还有一些梦，是食不得的，这是一种看不见、摸不着，但是却能够真真切切感受到的梦，神奇到能够让每一个食梦兽身临其境，怦然心动。

小食梦兽深深地吸了一口气，它惊呆了，井叶的梦境，跟食梦兽爷爷所讲述的那种梦，如出一辙。

“如果有一天，这样一个梦变得不再透明，那么，拥有这个梦的人，会变得很痛苦，很痛苦。所以，千万吃不得的啊。”小食梦兽还清楚地记得，爷爷如是说过，而且千叮万嘱，眼睛里闪烁着严肃的枯木般的颜色。

“好可怜的孩子啊……竟然有这种梦”小食梦兽自言自语道。

这个时候，梦境里突然有一个小东西在隐隐地蠕动着。小食梦兽正呆呆地站在那儿，没怎么仔细注意着。当小食梦兽的目光逐渐被那个小东西吸引过去的时候，小食梦兽惊奇地发现到，原来，是一只柠檬梦蝶从梦丛中飞了出来。

梦蝶也算是一种小守护神，主司梦境清洁。而这只看上去弱不禁风的柠檬梦蝶，却是十分罕见的梦蝶品种。

“哇唔……大人……别吃我啊，大人，你千万……别吃我啊……”柠檬梦蝶看见了小食梦兽，吓得脸色发绿，都快变成青苹果梦蝶了。

小食梦兽眯着眼睛，嘟着嘴说：“我现在没有胃口，而且你看上去瘦不拉叽的，味道肯定也不怎么样，别担心了！”

柠檬梦蝶终于嘘了一口气，翅膀不再绷得那么紧了。

“我问你啊，你在这待多久了？”

“应该是很久很久了吧，梦境的生物不都是和生命同时存在的吗？”

“为什么这里会有一片这么奇怪的梦境呢？我感受到很强烈的海洋的气息。”

柠檬梦蝶眼睛闭了闭，一句话也不说。

“嗯？说话啊！”小食梦兽继续问道。

“食梦兽大人，这你应该是知道的吧，说出了这个秘密我就完蛋了。会死的啊，知道不？”柠檬梦蝶神色凝重地说着。

小食梦兽也是一言不发，身上的颜色变得很淡，像是深海里的麦子。

“还是别知道得太多的好啊，身为一个食梦兽，应该多吃好梦才对，那才是享受真正的生活呐！当然，绝对不要吃了我啊，嘿嘿。”柠檬梦蝶一边用教导的口吻说着，一边嘿嘿地傻笑。

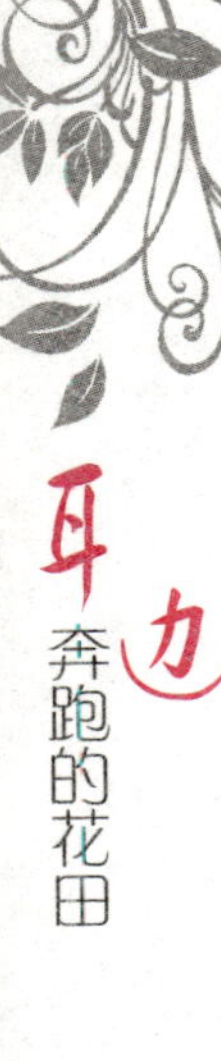

小食梦兽闭着眼睛，冥想着。柠檬梦蝶凝视着小食梦兽，也一言不发，梦境里的风呼呼地吹着，氛围变得非常冷清。

“嗯……好吧。那就让我把这个梦吃掉吧。”小食梦兽说。

先是一阵沉默。接着，柠檬梦蝶的眼睛瞪得比铜铃还要大了。这次，它的颜色倒变得有点像一颗熟过了头的柠檬。

“大人，您疯了，还是糊涂了啊！您难道不知道……”

“我知道的，爷爷跟我说的，这种梦吃不得的。”小食梦兽一脸无邪地望着柠檬梦蝶。

古老的预言说：

所有的过去，所有的快乐的，悲伤的，所有的好的，坏的，所有的完整的、不完整的。都藏在看不见的梦里。它们被封印着，但迟早有一天，封印会被打开，一切将被释放……

拿走那梦，所有的过去，所有的快乐抑或是悲伤的，好的抑或坏的，完整的抑或不完整的。就会像冬天里的雪一样，温柔地融化掉，融化成不刺眼的一场空白。而拿走梦的人，却会获得梦境里那所有的一切。

“这样，您还是坚持要吃吗？为什么呐？”柠檬梦蝶不解地问，身上还是一片深黄的柠檬色。

“我想长大，我想尝尝除了快乐以外的梦，会是什么味道。”小食梦兽低着声音说。柠檬梦蝶看着它，心里觉得沉沉的，又说：“如果你想吃不好吃的，我可以掰一小片我的翅膀给你尝尝，味道……”

小食梦兽对着柠檬梦蝶微微笑了一笑，向它跑了过去，在它脸上轻轻地吻了一下。

柠檬梦蝶眼眶里噙满了雨水般的泪，它觉得自己说不出话了，便向梦的深处，飞走了……小食梦兽注视着柠檬梦蝶飞翔的痕迹，默默地为它送着别。

小食梦兽的心在搜寻着一种关于梦境的美妙感觉，它找准了一个时刻，张开华丽的四肢，扑到了那一块梦境上，一边咬着那块梦，一边流着五彩斑斓的泪水。

井叶的那一块透明的梦，被小食梦兽的小嘴吞噬了。

小食梦兽离开了井叶的家，独自走在黑黑的森林里，它的心里，装着无穷的大海，装着无数鱼儿的眼泪，装着一只抹香鲸的故事……它的身上，多了一份蓝色的深邃。

井叶睡觉醒来之后，发现自己的耳边有一片小小的稿纸，那是爷爷写诗用的稿纸。井叶打开那张小纸，读到一行荧光色的歪歪斜斜的字迹：

“小井叶：

不好意思，你的梦，我拿走了。希望你快乐。”

井叶摸摸自己的头，感觉好像没有少什么似的。心里想道：或许他拿走的，是我的噩梦吧……

从那以后，小岛上没有人再见过小食梦兽了，但是天上的小星星却在说，每天都有一只孤独的小食梦兽，他在唱着梦境里的秘密，好像关于大海，关于一只悲伤的抹香鲸……

第三章　星空宴会

星星们慷慨地把光芒洒在这座小岛上。湖水里的河童们一一从里头爬出来了，月亮的影子倒映在它们头顶中央的那块圆形的小水洼上，让它们心里有份小小的雀跃。

大河童们牵着小河童们的小手儿，在树林间走动，把采摘到的新鲜

水果还有捕捉到的鱼虾放在芭蕉叶里边。

它们会把这些东西放置在每一个仙兽的家门前，当然，也包括井叶和他爷爷。

“爷爷，今年的星空宴会来得真快啊！河童们已经把宴会前的食物准备好了。”井叶乐呵呵地说。

爷爷搁下捏在手心里的那只笔，站起身来，说：“好吧，那我们就开始吃吧。”

这是一顿美好的夜宵，在这座小岛上，每年的这个时候，大家会举行一场星空宴会，而与会的所有人们都将要先吃下河童们准备的这一些精美的夜宵，才能够前去参加。井叶和爷爷自在这座岛上起，每一年都会受到这里的居民的热情邀请。

吃完河童准备的最后一个樱花饼的时候，井叶和爷爷带上了一把精致的小提琴和竖琴出了门。

小山鬼、蓝海妖、白猫先生、小魔女蝾螈、花粉兽、雨水小仙、柳树婆婆还有萤火虫、飞蛾化作的小妖精们都一一到齐了。大家围坐在空旷的原野上，心里的窗被打开，无尽的风吹入，盘旋着带来无数清凉。井叶和爷爷到的时候，深深地向在座的各位鞠了一躬，然后盘腿坐下。

海浪送来了火珊瑚们委托赠送的几束能发出亮光，却不会烧掉东西的火焰。小河童们一个个合伙把这几束珍贵的火儿搬到了原野的中央，放在了几朵刚开过花的含羞草的头顶。那几株害羞草间触到了火的温暖，脸上也透出了微微的红晕。

星空宴会，就这样渐渐地拉开了帷幕。

夜风开始温柔地撩动柳树婆婆的柳丝，闪着绿色光芒的音符一个个从细细的柳叶中间飘出，像是柳絮那般的轻盈，小萤火虫精张开小小的嘴巴吃下一个音符，又忽的喷出无数个绿色的泡泡，惹得大家都笑了。

“我还要，还要……”另外几只小萤火虫精也争着抢着要捕捉柳树婆婆的音符。她们在柳树婆婆庞大的枝条丛中欢乐地追逐，在里面划出无数条萤火，像是音符背后的五线谱一般。

这个时候，井叶的爷爷从口袋里悄悄拿出了一个小沙包，这是他早已准备好的，可以播种下土的诗歌。

他把这诗歌埋在湿润的土壤里，地底下传来无数稚嫩的呼吸，一阵穿动之后，人参娃娃们便从底下钻了出来。它们拉起了在座的各位的手，欢快地在原野上跳起了舞、唱起了歌。

“来来来……来开心一下吧……”当一只人参娃娃把手伸向了飞蛾精的时候，飞蛾精却温柔地把人参娃娃抱了起来，用头上的触角抚摸着人参娃娃的脸蛋，凑到它的耳边，轻轻说：“乖，找别的姐姐玩去……”于是就这样谢绝了人参娃娃的邀请。

飞蛾精一个人抱着双膝坐在火焰的前面，眼仿佛被那火洞穿了一样，除了火焰的倒映，其他什么都没有。

这一切被井叶看在了眼里，他留意着飞蛾精的神色，好像看出了一些忧愁。于是，井叶坐起身来，来到了飞蛾精的身边。

“这歌声真好听呀！”井叶刚刚一坐下，飞蛾精就主动向井叶搭讪，井叶反而觉得有些不好意思了。

“呃——是，很好呢。”

飞蛾精看上去就是一个十三四岁的小女孩，而今年估计是她四百多岁的生日了吧。她穿着白白的连衣裙，背后有两只月亮颜色的巨大翅膀，然后还披着起肩的稍稍有些弯曲的一袭雪白的头发，头上还长有长长的两只可爱的触角，看上去就像是天使一样。井叶一直都觉得飞蛾精会不会是天上来的，对她觉得很是神往。

“为什么一个人呢？”井叶问。

飞蛾精看着眼前的那片火，观察着在指尖上那片跳跃着的绿色的音符，好像没有听到井叶的话。井叶低着眉头望着她的侧脸。

“对不起，我耳朵不好。没听清楚你说的呵。”飞蛾精好像又略有察觉般的，对井叶满怀着歉意地说道：“不过，我真的可以感受到这音乐呢，柳树婆婆不愧是岛上的音乐家，她和风地演奏，像是被春天的泪水泡过了般的乐曲似的。真美啊。”说着，她脸上荡漾开一片深深的笑意，像是一朵月桂树上新开的小花。

“春天的泪水？”井叶睁大着眼睛，不解地问道。

飞蛾精一脸困惑地看着井叶，好像又没有听出他在说些什么。井叶于是又扯开嗓子，大声地问了一遍。

“是啊，我们家族都得靠它来维持修炼呢。春天的泪水，就是天堂的泪水，像是银河的水，清清凉凉的，很好喝呢。”飞蛾精双手托着下巴，闭着眼睛，陶醉地说着，那长长的睫毛上还闪过一线亮亮的光泽。

“春雨下过之后，在竹叶尖上啦、柳树叶子的尖上啦、还有花瓣尖上啦，都会有很多雨水汇成的小水洼，我们会用头上的触角把它们采下来，但是也要小心翼翼地保证不让它们破碎。一旦到了月圆之夜，大家就会合力祈祷，向大地岛神祈祷，借助彼此的法力还有大地的神力，把雨水里的泪水提炼出来……喝下之后，就会觉得非常舒服，奶奶说，这就相当于增加了几十年的修行呢！”

井叶仔细地听着飞蛾精那好似梦中低吟一样的讲述，入迷了。

飞蛾精觉得井叶的样子很可爱，于是便问他：“那你知道为什么春天的泪水有这样神奇的魔力吗？”

“不知道，你说，你接着说……”井叶特地把音量调高了好几分。

“这是因为呀，呵呵，春天的泪水里，含着大地的哀思。”

“什么叫大地的哀思？”

“我也不知道。可能跟我们的家族有关吧。因为我们不是蝴蝶，可以去吮吸快乐的事物，蝴蝶的斑斓是跟欢声鸟语、芳香四溢的花朵分不开的。跟我们飞蛾一族有关的除了熊熊烈火之外，就只有这泪水了。可是我们一扑到火里，迎接而来的必定就会是死亡，但是这泪水就不同了，我们吮吸它的时候，会感到一双抚慰着冰冷的心的爱意的双手，不会觉得孤单，不会觉得冷寂了。”

井叶点了点头。飞蛾精还是笑得一样的开心。

音乐声声不断，星空绽放得如同钻石一般明亮。月亮的脚步印在空旷的大地上，带来一小段微凉。夜来香开始倾吐它们压抑了一个白昼的芬芳，蛐蛐和纺织娘的乐曲也开始奏响。井叶和飞蛾精两个人就这样静坐在月光里，观照着眼前的盛宴。

“井叶呢？你有什么梦想呀？”飞蛾精忽然问。

“噢……我呀”井叶略有所思地回答道：“呵呵，其实也没什么呢，爷爷现在已经老了，我得靠自己养活自己了，当然还得照顾他。我还想找到那个传说中的琉璃街，爷爷说那里有很多很多的宝藏。”

“嗯，我也听说过。那是一条用琉璃建筑成的，没有边际的街道。但是传说中的事情可靠吗？”飞蛾精质疑着说。

“不管怎样，我还是相信的呢，我一定要找到那个琉璃街，让岛上所有的伙伴们都去看看……”井叶说。

“那好，加油吧！”

“嗯……”

这个时候，花粉兽不知道从什么角落里飞了出来，笑眯眯地给井叶二人打了声招呼。然后从一个彩色的锦囊里拿出了几颗红红的糖果子，递给他们吃。

“谢谢”井叶和飞蛾精一起说。

“不谢，不谢，呼啦啦啦啦……”花粉兽结结巴巴地说。

“你说什么？”井叶听不清花粉兽嘴里一连吐出来的那些字句。

“我说你们快点……呼啦啦啦啦啦……”

“你说什么？”井叶还是一脸茫然。

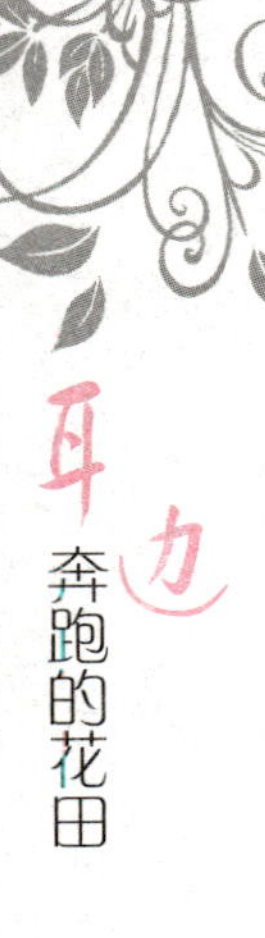

“我是说，你们快尝尝看这个糖果呀，呼啦啦啦啦……”花粉兽说。

“哦，是这样啊。”井叶笑了笑，便张开嘴把花粉兽送的糖果丢进了嘴里。

哇呀，太苦了……井叶一口把糖果吐了出来，接着横眉瞪着花粉兽。

花粉兽抿着嘴巴偷笑着，扑哧扑哧翅膀飞了起来，对井叶说：“嘿嘿，别把我想得那么坏啊……嘻嘻。呼啦啦啦……别把我们忘了。”说罢，又从半空中丢了几颗橙黄橙黄的糖果到井叶的手里。

飞蛾精从井叶手里拿起一颗，嚼了嚼：“味道不错，是甜的。”

“没有想到这个花粉兽平时除了会做一些花粉糖之外，还会恶作剧呢。”井叶说。

飞蛾精从容地看着井叶，目光温和如水，一丝洁白的银色沉淀在她的发梢上，晚风吹来，无数亮闪闪的粉末也随风飘散而去。

“对了呀，井叶。花粉兽说得对，我们也应该好好参与下这次宴会。去年你的小提琴拉得很动听呀，还有你爷爷的也很不错。今年难道没有准备什么吗？”飞蛾精快活地说。

井叶一听飞蛾精的话，仿佛想起了什么，赶忙叫起在柳树荫下乘凉的爷爷。小声议论几番之后，拿起了乐器，缓缓地弹奏了起来。

井叶的那把小提琴，是柳树婆婆用自己的树干制成的，几年前在井叶的生日上，柳树婆婆便把这份难得的小礼物送给了井叶，从那以后，井叶成天跟着柳树婆婆学习拉小提琴，渐渐的，井叶摆脱了模仿式的演奏，他学会了如何拉出美妙的音符，属于他自己的音符，于是，在去年的星空宴会上，井叶缔造了属于自己的一场音乐会，无数的音符就在那一刻起溢满了整片星空。

而爷爷的竖琴，是他自己寻木头做成的。山里的野蜂儿们，每天起早贪黑，捕捉晨光熹微时最细嫩的阳光，用这些阳光制成了竖琴的琴弦。到了夜晚，这琴弦总是释放着阳光般的光泽还有温暖，引得无数的飞虫们好奇地围观。

一声小小的拨动，把整个宴会带向了另外一番境地。没有人互相试探彼此的心情，悠悠的琴声，柳树丛中的歌声，把所有生命引向了同一片斑斓的宁静里。音符飞扬，情愫微微荡漾……

海风婆子也来了，无数会唱歌的扇贝一个个驾着一小片浪花，随着在原野上空盘旋的海风，带来了海底的歌声。

飞蛾精站了起来，打开了那久违的飞翔，她张开自己的双臂，像仙灵一般地朝着天空飞去，飞到半空，她开始旋转，像再跳芭蕾舞一样，她不住地旋转、旋转，不息地旋转、旋转。她是那样的忘我痴情地投入着，那样快乐地盛放着。

“好美啊……”一只小人参娃娃望着天空说。

“是啊，好美啊……”另外几只小人参娃娃也跟着附和着。

渐渐地，大家都把目光转向了那只在飞舞着的飞蛾精。无数像会发光的雪花一般的粉末儿，开始从天空飘落下来，植物们、动物们都开始雀跃了，闲草们开始舒展着腰筋，乐呵呵地笑，扇贝们嘴里的珍珠也发出了迷人的桃黄色的光晕。

整个星空宴会的目光，都开始聚焦到飞蛾精的身上了，大家拍手欢呼，内心被难以言表的感动簇拥着。

飞蛾精却似乎没有感受到这样一些东西，她依旧欢快不息地跳着、舞着，让黑黑的风浮动起那银白色的头发，让那翅膀巨大的影子，投射并旋转在空旷的原野上，让雪花样的粉末，飘洒在大家的肩上。

星空宴会，被她点亮了。

井叶一边拉着小提琴，一边凝视着半空中的飞蛾精。井叶觉得，她真的比蝴蝶还美，像是一颗春天的泪水，像是一团温柔的火焰。

夜晚，被渐渐拉长，拉长了……

第四章　春天的魔法师

这一天，井叶和爷爷都待在屋子里。早上杜鹃鸟送来几张山鬼们寄过来的明信片，上面写着新春的祝福语，是蘸着鲜花的汁液写出来的字，井叶把这一些信放在柜子里保存起来。这是他们今年收到的五百封明信片中的一小部分。

大家都在等待着春天，好不容易等到了惊蛰这一天，可是这春天，却还迟迟未到。岛上的山顶上，还有层层的雪儿覆盖着。

“今年的春天来得也太迟了点儿。”爷爷叹道，喝了一口茶。

“爷爷，掌管我们这座岛屿的季节的仙兽是那一个啊？”井叶问。

“嗯，这个不是谁能决定的呃，”爷爷回答道，“天地的季节变化，向来都不是某一个人或者是仙能够主宰的呐，是大自然才有权利说话的……”

“哦——”

“呼呼——呼呼——”

一阵风把家里的门给吹开了，井叶忙赶着去关门。但是他忽然感觉到一种久违的温暖，在他的脚底下交织。

“谁说不可以啰？哼……”

“谁？谁在说话”井叶听到了奇怪的声音。

家里的地板上卷起一阵淡紫色的旋涡，一个小孩模样的家伙，披着淡紫色的斗篷，戴着尖尖的帽子，出现在了井叶的面前。

“你这小鬼，竟敢忽视本大人的存在，哼哼哼！”那个小家伙用手里的法杖指着井叶的爷爷。

“你才多大啊，这么没礼貌！”井叶又惊诧又愤怒地吼。

“哇哈哈哈哈哇哈哈。”那小家伙一阵狂笑，“我今年已经一千零一十一岁了呢，不叫你们小鬼叫什么？”

“那……敢问您是……”井叶的爷爷问。

“我嘛，说出来可是会吓你们一跳呐！告诉你们好了，我是春天的魔法师。”

井叶和爷爷一阵愕然。

“哼，孤陋寡闻的家伙。你们刚才说那啥来着，简直是胡言哇！春天的来去不就在我的手中掌握得好好的吗！身为春天的魔法师，春天就像我的小狗狗一样听话呢！”他得意地说着。

“那很好啊，您为什么不把春天带来呢？”爷爷说。

“你们这几百年来没有给我一点供奉，我烦躁死啦！”他嚷嚷着。

他话音刚落。爷爷和井叶便搬出了一张小桌子，上面堆满了食物。像雪水浸泡的菠萝茶、玫瑰金枪鱼刺身什么的。那个春天的魔法师见到食物两眼放光，嗖的一下扑了上去，津津有味地吃了起来。

“不错不错，太好吃啦！”魔法师说，“既然这样，那你们中来一个人跟我到我的城堡去吧！我把春天的种子交给你们，这样春天就能够来啦。”

“我去我去！”井叶急急忙忙地说，也不顾爷爷的意见。

“那好，我们现在就走吧。”春天的魔法师说。

井叶跟爷爷道了声别，听了爷爷几句嘱托之后，就快乐地跟着这位春天的魔法师上路了。

他们两人一直走，一直走，路过岛上的许多风景。井叶觉得，这座岛屿太需要春天了，所有的生物们都提不起精神，有的甚至还在寒风之中瑟瑟发抖着。

当他们俩走到一块小空地的时候，春天的魔法师忽然停住了脚步，他忽的一口气，打开了一块晶莹剔透的镜子。他告诉井叶，从这镜子里

进去，便是他自己的结界了，城堡就在结界里。

井叶就这样跟随着春天的魔法师来到了他的结界里。井叶着实在这里体味到了许久不曾感受到的春天的味道。青鸟衔着花般的心情在晴空上飞舞，潺潺的小溪流里喷涌着淡蓝色的烟花般的水珠，阡陌之上，野花野草更是如同贝壳一般纷纷铺在泥土上。

“欢迎光临——嘻嘻。”一只蜻蜓将一朵新开的百合花递到井叶的手中。

“谢谢你。”井叶感谢道。蜻蜓手捧着好多花，飞得越来越远了。

穿过一个牵牛花搭成的小隧道，一阵荷花的香味袭过来。井叶觉得心里有些甜甜的味道。随后，越是往前走，心里觉得就越甜，像是新鲜的蜜糖伴着枫露茶的清香，叫人的心里甜蜜到要融化的地步一般。

春天的魔法师观察到了井叶的神色，笑着说：“嘿嘿，尝到我伟大的魔力了吧，前面不远处就是我的城堡了，所以你越往前边走，心里就会觉得越甜，这是花蕊在向你招手，这也是春天的一种魔法。明白吗？”

井叶把舌头伸出来，感觉到无数甜甜的滋味在他的舌头尖山舞动着。这种滋味真是前所未有的呢，竟然连空气都能够尝出甜的味道来了，井叶心里想着。

终于来到魔法师的城堡了。眼前的景象简直让井叶无法相信，因为这里简直就是一个奇幻世界。城堡下，荧光色的人群戴着各种花色的长帽子走来走去，帽子上总有姹紫嫣红的花朵。这里有不少的人在城堡下开着各种小铺小店，卖一些小份的柠檬绿茶、蜂王浆、杜鹃花蜜糖、奇异果种子，还有一些老板用水晶鱼缸装着桃花鱼和梨花虾子，卖给那些荧光色的小人儿们玩。

一切是那般的春意盎然，但是却让井叶觉得分外的安静。这里的人没有五官，更加没有神色，互相交流不说一句话。一个看样子才七八岁的小人向老板买一只桃花鱼，竟然若无其事地把几枚樱花状的硬币放到小铺的桌上，轻飘飘地搬着鱼缸，像幽灵似的走了。而老板更是毫无反应，感觉像是酣睡着的人。这种淡然让井叶觉得有些乏味而畏惧。

“呵，大开眼界了吧，这就是我的臣民们，这里的一切都是我创造的。我是不是很伟大呀？”那位春天的魔法师得意地对井叶说，嘴上露出阴邪的笑容。

井叶尴尬地笑了笑，随意附和了几句。

魔法师的城堡是用桃木制成的，屋顶漆成了绿色，上面的花纹图样像山洞里的壁画一样，有极其古老的意蕴。而城堡的其余的部分大多是红色和黄色，整洁干净而又不刺眼。房檐上挂满了细长的柳条儿和白色的长纸片，不知道是什么用意，但仍把这座城堡衬托得很漂亮。

进入城堡的内厅，俨然来到了春天的原野。这里的花香鸟语都是真实存在的。一只乌龟可以轻而易举的从万花丛的壁画里爬出来，水中螃蟹的私语也能够轻易地听得到。井叶目不转睛地观察着眼前的一切，脸上始终带着笑容。

这时候，一位身穿淡黄色长袍子的老妇人缓缓地走了过来，她的背有些微微的驼，两只眼睛深深凹陷下去，头上扎着几支五彩斑斓的羽毛。井叶觉得她很有可能是雉鸡夫人。

“欢迎，欢迎，欢迎光临。我在这里恭候多时了，魔法师的贵宾。”老妇人笑着，苍老的脸像是龟裂了一般，显得很生硬。

“今天你就在这里歇息一晚吧，过几天我再把春天的种子交给你，你随雉鸡婆婆去吧，她是这里的管家，她会安排好你的生活的。嗯……就这样吧，bye！”春天的魔法师扔下一句话，一溜烟就不见了。

“哦呵，请随我来吧……”雉鸡夫人把手伸向一条碧绿色的走廊，领着井叶往走廊走去。

在碧绿的走廊里走了一阵之后，雉鸡夫人忽然停了下来，然后从口袋里拿出一把银光闪闪的钥匙，往墙上轻轻点了一下儿。几只蓝色的凤蝶从墙壁里飞了出来，接着又传来一阵细细的流水声——吱呀，一扇房门打开了。

“请进，亲爱的贵宾。”雉鸡夫人说。

井叶走进了一间小小的客房，房间的中央摆着一张铺着如同蚱蜢翅膀般薄薄的被子，地板是湖水的蓝色，墙壁则是贴着绿白相间墙纸，墙纸的褶皱上还开着五颜六色的花朵。小房间的左侧有一扇玻璃落地窗，撩开长长的淡黄色的窗帘，外面有一个小阳台，上面种着各类的吊兰、海棠还有月季，小水池里养着三条红红的小鲤鱼。井叶对此感到非常的开心，郑重地向雉鸡夫人道了声谢谢。

“不客气，请好好休息吧，不打扰了。”说罢，雉鸡夫人便一点一点退了出去，顺手关上了门。

井叶张开四肢躺在了床上。这床软绵绵的，像是一块新生的草地。

井叶喝了几口水后，爬到了阳台上，外面的风呼呼地打在他的脸上，让他觉得有无限的舒畅，忽的，他听到了扑通的一声。回头一看，原来是小池子里的那几条小鲤鱼在吸水，可是井叶却发现，它们的身子一点点脱离了水面，渐渐的，开始游动在空气当中了，井叶惊讶万分，可是阳台上传来的风也已经令他的身子浮动起来，不一会儿，井叶和那三条鲤鱼一同被风卷出了阳台，井叶闭着双眼，不敢相信自己是在半空当中，一切宛如梦境……

当井叶感到身边的气流变得舒缓了的时候，他慢慢把眼睛睁开了。他已经来到了另外一番天地了——一片美丽的园林。

脚下的花朵已经没过了井叶的膝盖，碧蓝色的蝴蝶们用长长的触须在空气中泛起淡淡的水色涟漪，七星瓢虫还有螳螂在小河边喝着甜甜的清水。

“谢谢您把我们带回来了，谢谢！”井叶听到有人说话，回过头一看，刚刚那三只小鲤鱼正在河水中伸着鱼鳍向井叶道谢，然后游开来去。

井叶也向它们挥了挥手。

井叶还是不明白，刚刚那阵奇怪的风为什么要把他带到这儿来。

井叶在园林里漫无目的地行走着，偶尔摘一朵小野花放在牙齿间咀嚼，尝出了一种浅甜而又酸涩的味道。

这座园子并不大，隔着不远处还能够望见魔法师的城堡。井叶决定在这里好好休息休息，等黄昏的时候再回城堡去。

贯穿着园林的是一座细长的小河，井叶沿着小河散步，呼吸着新鲜的空气，一直走，一直走。一座横跨小河的青色的小桥逐渐浮现在他的面前。

小河的左岸，有一棵巨大的柳树，它肆意地张开，千千万万根柳条儿像是少女的头发一样浓密，刚刚抽出来的那些小柳叶儿，闪着动人的光泽，几只小螳螂正倒立在柳树条间试练着自己的小钳子。

小河的右岸，则长有一棵庞大的樱花树，虽说比那棵大柳树要稍小一些，但是树的主干上爬满了如同深绿色的巨蟒般的藤条，树根从土地上隆起，透露出大地的秘密和心事。书的枝丫上，朵朵樱花盛放得异常可爱，黑色的蜻蜓静卧在小花的花蕊里，颜色对照形成鲜明的对比，美极了。

井叶张开手指，浮动着嫩嫩的柳条，几片樱花随风飘来，落在他的头上，井叶仿佛感受到了春天的心跳。

“孩子，不，你不能……”井叶忽然听到有什么人在说话。

“谁，是谁？”

“孩子，你快走吧，离开那座城堡，再不走就来不及了！”那个声音说。

井叶用手捂住了耳朵，可是那声音却依旧能够穿过他的耳膜，传到井叶的心里，井叶感到头晕目眩，就这样，他拉开了步子，跑出了这片园林。

这天夜里，井叶早早地在城堡里的房间里睡了，他打算忘掉白天发生的那件诡异的事，也不去想那个声音要他离开城堡的原因。城堡里的纺织娘在井叶睡前一脸微笑地在井叶的床头放了杯土豆花与星光酿成的果汁，甜且清凉的香味，萦绕着井叶的房间还有他的春夜好梦。

灯熄灭了，春季的夜晚像潮水般卷来……

月光的手指从夜幕中伸了出来，卷起一阵阵醉人的光晕，园林里的青石桥上，没有光的足迹，却有着夜的吻痕，一只小黑鱼从水里跳跃了出来，在桥上蠕动着自己滑滑黏黏的身体，小小的北风儿拍下它的身子，那上边的鳞片，竟反射出几缕光芒，像是一块玉石。小黑鱼心里有些许欢畅，感觉自己被黑夜镀上了一层别样的色彩，于是它又满足地跳回到了水里。

青石桥上那片被小黑鱼蠕动过的痕迹在一阵又一阵夜风的吹拂下，干涸了。一片樱花瓣飘落在了那个位置上，稳稳地停了下来，夜的眼睛看得樱花瓣的脉络。

月光的手指，好像拨动了自然的弦音，无数的夜风簇拥着，小河右岸的，那一棵活了一千年的大樱花树开始剧烈摆动起来，昨夜才开好的一千零一朵樱花儿们，因这些黑猫儿似的风的痒痒，开始雀跃了。终于，它们一个个松开了樱花树的枝头，伴着月光和星光，拥入了如同墨汁一般的夜幕，粉色的壮丽，多上了一层暗暗的沉淀，它们旋转在夜空上，袭起了一场华丽的盛大舞蹈，美化了单调的黑夜。

呼——嗒嗒——呼——嗒嗒。夜风在唱歌。樱雨飞满天，落满地，像是一个个优美的眼睛，点亮了原本就像是钻石一样的星星。

它们无止无休地飞扬着，飞扬着，仿佛跳跃出了黑暗的樊篱，没有什么会是它们的羁绊。它们那样的自由，那样的欢畅，陶醉在一次次与夜风的拥抱中间……

小河的左岸，那棵活了一千五百岁的大柳树，它的柳叶们也被拂动着，碎碎的樱花瓣在万千的柳条里捉着迷藏，惹得嫩嫩的绿柳叶儿们都有了羞涩之意，但是面对着飘出柳叶丛的樱花们，柳叶儿们心里却有了思念还有记挂，像是一个个单纯的爱相思的小孩。

小河中也浮满了樱花，水底的蜉蝣们打开最后一次仰望，内心平添了几许感动的静谧。

春夜，花雨，柳叶，花河……在夜的怀抱里，融成了一片。

就在这时候，一段朦朦胧胧的歌声在夜的耳畔隐隐地走动起来了——

“又是夜哟，温柔的夜哟——
春雾漫漫淡淡似樱芳哟。
夜哟——美丽的夜哟——
我心，我叶，轻摇摆，轻摇摆——
樱啊——今夜终与你共听，风报春晓——
等君到如今，幸好不是空对今宵哟——
夜哟——美丽的夜哟——
满天樱子，似泪。点点入夜，入梦，至我心哟——
夜风里，我那柳条万千，撩夜心弦——
今夜何处啊？何处——？
在樱雨深处，在难眠的夜里，等你回答，回答——”

樱花雨壮大了起来，几乎遮盖掉了整片的黑夜，在为这歌声做着无言而又壮丽的回答。

…………

第二天早上醒来，井叶觉得自己出奇的清醒，昨天晚上，他梦见了那片园林，那棵樱花树在夜风中，散发出无数的樱花瓣，一场樱花雨席卷了

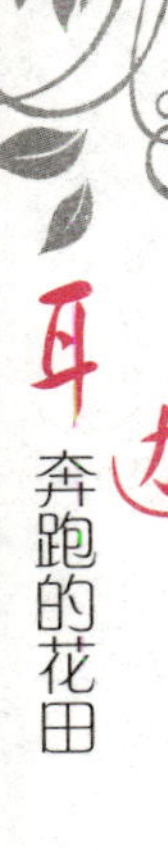

整片天地，它好像有着难以言状的痛苦，他还梦见那一棵柳树在唱歌，绿色的音符像是萤火虫似的，以柳絮一般的姿态从柳树丛中飞出，歌声里带着难以遮掩的相思和哀怨。

井叶用干净的泉水漱口洗脸，喝下了昨晚纺织娘送来的那一杯果汁，他决定忘掉那个奇怪的梦。

井叶走出自己的房间，来到碧绿色的走廊间，每前进一步，脚下就会开出四五朵漂亮的迎春花，手心里还会有点点绿色的汁液沁出来。

这城堡确实很大，井叶在这城堡里完全摸不着方向，像是走在一个巨大的迷宫里。井叶一连兜了好多个圈子，想找到春天的魔法师和雉鸡夫人。

他渐渐走进了一条狭窄的走廊，走廊下的地毯像是沼泽地旁边的青苔，又软又湿，数不清的奇怪的昆虫，像八翅飞蚊、水蝎子在这里肆意的横行。井叶感到有一些不太适应，正准备离开，忽然，他好像听到了有人在说话。

“嘿嘿嘿，待会把这个送给他喝了吧，你猜他会变成一棵椿树还是一朵玛瑙花呢？”

井叶心里一惊，这不是春天的魔法师的声音吗？井叶朝着声音传来的方向走去，透过一扇用蜘蛛网做成的门，看见了小房间里的魔法师和雉鸡夫人，他们对坐在房间的中央，雉鸡夫人手里还拿着一个橙色的玻璃瓶子。

井叶竖起耳朵，仔细地听着他们的对话。

“他已经吃过我们这里的食物了，放心，用这一瓶就够了，想不到这么容易就会上钩呢。”魔法师用低沉的声音说，脸色成了青紫的，显得分外狰狞。

“是，魔法师大人英明！”雉鸡夫人谄媚地附和道。

“变成之后就把他移栽到城堡北侧的园林里去吧，哦，对了，可以跟那棵樱花树种在一起，当个陪衬也不错呢。”

他们两人笑成了一片，声音刺耳而可怕。

井叶听了他们的话顿时毛骨悚然了，原来那所谓的春天的魔法师一开始就想要把自己变成植物啊。井叶的心弦绷得紧紧的，他撒开腿就往房子外边冲去，可是不料他的脚绊倒了一根蜘蛛线，这种特殊的蜘蛛丝网，一不小心碰到就会发出琴弦般的声响。

魔法师大声唤道：“是谁？”

井叶听见了魔法师的声音，跑得更快了，他完全不顾其他，一看见前方有出口就不住地奔跑，汗水模糊了他的视线，眼前的一切变得朦朦胧胧。双腿渐渐变得不听使唤，井叶大口大口地喘气，没了方向感，但值得庆幸的是，就在这一刻，他竟然跑出了城堡，井叶的眼前顿时之间变得明晰起来。于是他鼓足了自己的最后一丝气力，朝着园林的方向跑去。

来到园林，井叶的呼吸在一刹那变得平和了下来，无云的天空中横跨起了一道七色彩虹。

风中飘来一阵鹿鸣般的温柔呼吸后，七色彩虹像是一颗颗闪闪的颗粒般被一一地分解掉了，柳絮一样轻轻飘落下来，井叶被包含在这其中，并感受到一种古木的香气。

这时候，一阵强烈的白光突然闪现了出来，井叶感到自己被包裹在一片乳白色的光雾当中，一个温和的声音说：“井叶，累了吧？”

“你是谁？”

“我是这里的大樱花树，井叶，你发生的事情我都看到了。不要担心了，没关系的，你现在在我的花蕊里，他们那群人暂时找不到你的。”

“上次叫我离开的人是你吗？”

“不是我，有可能是对岸的那棵柳树呢。”

“那……你是那棵樱花树？”

“嗯……”

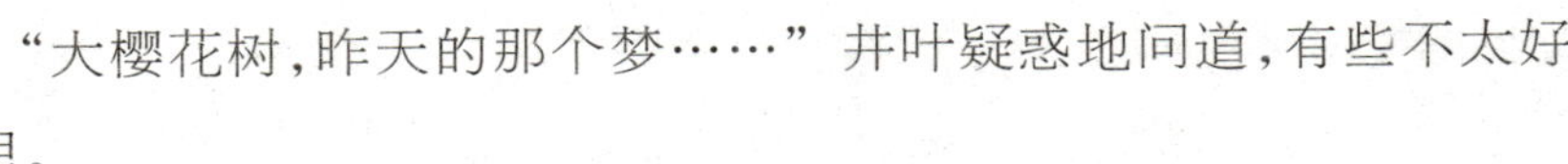

“大樱花树，昨天的那个梦……”井叶疑惑地问道，有些不太好意思。

“那是一个真实的梦。”

“为什么会有那样一个梦呢？这和春天的魔法师有关吗？”

“井叶，那是我的心声，我和对岸的柳树有无法言说的秘密，我需要你的帮助。还有，这个世界上根本就没有春天的魔法师，春天的来去，是由每一棵碧草，每一朵花瓣召唤而来的。”大樱花树语调变得更温柔了起来，“你所说的春天的魔法师，是被季节之神囚禁的山魔，他因为妄想借助他的魔法控制春天的复苏，而被封印在这里，但是他却一直经营着他自己的虚拟的这些世界，把外面的生物拿来改造，变成他的春日世界中的一草一木，所以这里的东西大多是没有感情的。”

“那你和大柳树为什么会在这里呢？”

“我和柳树原本都是主司万木的树神，山魔用他的法力把我们打回原形，并把我们拆散在河的左右两岸，他夺走了我们的法力，并借此支配着这个园林的存在，园林里的这条河，是一条隔音河，所以，这么久以来，我们时刻都不能够听见彼此的声音，自然也不能够想办法一起逃出去。”

井叶轻声叹了一口气，这声哀叹染上了花蕊的芳香，淡淡的，令人迷醉。

“那么……我能够帮你们做什么吗？”井叶坚定地说。

“我这里有一片千年花瓣，这是我开出的第一朵花的花瓣，我至今之所以还保留着一些魔法，全靠它了，他是用最干净的阳光雨露滋养出来的花，你只要拿着这片花瓣，将其夹在掌心当中，然后在小河的桥上闭上双眼，想象出真正的有生命的春天，眼前的一切就会不攻自破，山魔会恢复它原本苍老的面目，永远地消逝，不复存在。”

“那你呢？你和大柳树怎么办？”井叶焦急地问道。

“我们自然会随着结界的消亡而消失的，到时候消失的会是这里的所有，哪怕是一根最小的草。”樱花树照旧淡淡地回答道。

“不，不能这样，难道没有更好的办法了吗？这样的帮助对你们来说会有意义吗？”井叶激动地说。

“有的，这样我们就都不用被禁锢在孤独的深渊里，承受可望而不可即的思念……井叶，你成功逃脱之后，把花瓣埋到土壤里，用冬天的雪水浇灌它，它会长出一棵新的樱花树。”

井叶的眼眶渐渐变得有些湿润，他觉得自己一句话也吐不出来了。

“井叶，我很喜欢你身上的这股海洋的气息，就和我们身上的春的气息一样，有着很多一样的地方，第一次看到你我就感觉到了这股美妙的气息呢。相信你，一定能帮助我们的……”樱花树说。

忽然，外面的世界发生了一阵不小的骚动，井叶的脚下有些许地震的感觉。樱花树说：“快，他们来了，你快走，照我说的，快去吧！”

井叶又被一阵白光带到外边来了。只见那樱花树再次袭起了它的花瓣，万千樱花瓣布满了天空，像是对井叶做着召唤。就在这个时候，另外一岸的柳树竟也拂起了它长长的枝条，似乎在进行着同样的无声催促。

春天的魔法师和雉鸡夫人匆匆赶来，他们气急败坏，头上冒着烟，魔法师还不停地大声喊着站住。井叶望了望眼前的风景，迅速跑到桥上，他按照着樱花树的要求，闭上了眼睛，把花瓣夹在两手掌间，开始想象起了春天：

——无声到有声，溪水长流，阳光慷慨地给大地镀上了金色，蛙声阵阵的池塘，花海满片，小仙兽们对着眼前的一切，欢笑着，欢笑着，无数的愉悦之情，融化在风的歌声里……

花瓣从井叶的手掌间射出了一阵粉色的光芒，井叶睁开了眼睛，只见眼前的一切都在往下沉陷，而那位春天的魔法师一边气冲冲地奔跑一边越变越矮小，脊背也弯了下来，最后化成了一堆泡沫，一边的雉鸡夫人

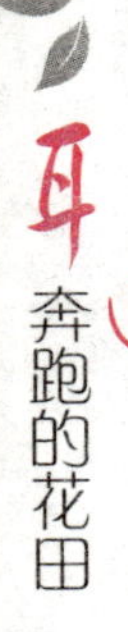

化成了原本的雉鸡面目，着魔了般焦急地四处乱窜。

两岸边的柳树和樱花树在樱花海洋当中一点点湮灭，柳树的枝条轻轻摆动，像极了树神挥舞着手臂，做最后的告别。

井叶注视着消逝的一切，静静地再次闭上了眼睛……

重新回到小岛之后，井叶发现自己已经躺在了雪地里，手里还攥着那片樱花瓣。他迅速地将樱花瓣抚平，上面透出了点点的光泽。

井叶在一处相对温暖的泥土上挖了一个小坑，把樱花瓣埋了进去，随后的几天，坚持用树枝上滴下的雪水浇灌它。樱花树果然从中长了出来，而且一天比一天要高，岛上的精灵们都一同来围观了起来，大家议论得热闹非凡。

就在这个时候，春天也不知不觉来了，以樱花树为中心点，大片的绿色从中蔓延开去，雪渐渐融化，深入土壤，岛屿被春色覆盖了……

春色降临，万物复苏，生机萌发得令人感动。

然而，每每有风吹过，这棵樱花树上总有吹不完的花瓣被拂起，看到这番景象，井叶总会有些触动，上次经历的故事在他的脑海里重现得异常清晰。

如果樱花树能有机会跟柳树说一句话，就一句话，它会选择说什么呢？井叶心里想着，但这终究不可能实现，是一个沉睡在过去的遗憾，不可能有答案。

但，毋庸置疑的。正是一颗小小的樱花瓣带来了整个岛屿的春天。

也许，那春天的魔法师，是真的存在呢。井叶想……

第五章　深海流星

金色的阳光，凉凉的海风，空气里洋溢着咸咸的味道，用手一抓，仿佛都能够抓出一捧新鲜的海水来。

蒲公英一边靠着癞蛤蟆草嬉戏，一边摇曳着那白绒绒的表情；阳光落在冰激凌树的一角，那片地方便结出一朵朵梦幻般的雪糕，招来了好奇的小飞虫；曼陀罗花田里，赤色凤蝶举行着一场关于花香的盛典，而那些年轻的花妖们纷纷骑着自己的小花兽，在一朵朵金银花上停了下来，他们用花粉滚了一遍小翅膀之后，坐在花瓣上，拿出芦苇管状的小杯子，津津有味地喝用甜辣椒花和独角兽奶混合而成的饮料，并且吃着平时不可少的美食——海星虾寿司、樱桃龙眼粽子；至于那些小草魔们，他们刚刚才从土里醒来，睡眼蒙眬的，过瘾地洗了一遍露水澡后，正开心地吃着草魔妈妈悉心做的椰汁泡珊瑚花。

整座小岛正处在春夏相交的时节，天气温和得舒服极了，大家的身心在这样的时候，柔软得如同海绵，轻轻触动一下就会有难得的畅快。

这时候，井叶家门前的那棵奇怪的小树也快成熟了。井叶正站在那棵小树之下，抬头仰望着它的果实，幸福地同小树一道浸润在和谐的风日当中。

这是一棵海星树，它不会结出那种汁液饱满、鲜香诱人的那类果子，但它却是整座小岛唯一的一棵会结出那种会眨眼睛、会转动的活泼的小海星的树。海底的鲍鱼小仙把树的种子埋在这里之后，它已结出了五个季节的海星了，到今年已经是第六季了。每年春天的最后一个夜晚，岛上会升起淡紫色的圆月，小海星们在夜神的庇佑之下，会搭上淡紫色的月光列车，越过树丛和花田，回到属于它们的那片海洋里。

鲍鱼小仙是大海里专负责照料新生海星的小海神，由于她不能够经常到陆地上来，便把给小海星浇水、除草、施肥的任务交给了井叶。这好几年来，井叶一有时间就会去给小海星树浇水，海星树长得越来越高，那一些如同海藻叶一般的斑斓叶子互相簇拥起来，一片片都亮晶晶的，蔚为壮观。

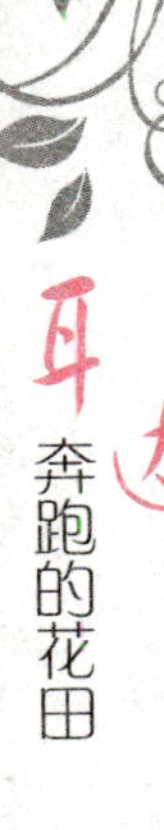

但是，这么久以来，井叶还真是从来没有见过小海星们离开枝头，搭上月光列车回到大海的景象。每每到那样一个神奇的时刻，井叶总会莫名生出睡意来，然后在隐隐约约的睡梦中错过。

今年这春日的最后一个夜晚终于来到了，紫色的月亮依旧升了起来，淡淡的紫色光芒如雾降临，点缀在那些斑斓的叶子上的小海星们，忽然之间都像风车一样旋转了起来，五光十色点亮了海星树。

最后，在一阵小夜风的拂动之下，呼呼地转动了起来，几只大乌鸦张开嘴巴大叫着:呜哇——呜哇——，还跟着在一旁欢快地雀跃着。霎时，小海星们一个个从树枝上飞升了起来，它们在半空中排成了几列整齐的队伍，随着月光列车，投入了碧蓝的大海的怀抱，“咚咚”的水声，敲开了一个美妙的深海之夜。

“哦哈——小星星们来啦——”飘飘鱼像一条彩带一样在海底宣扬着，声音在礁石间回响。

“星星们来喽——”寄居蟹从一只虎斑螺里探出了身子，高兴地喊道。

“星星们来喽——”银环海蛇从白海滩里窜了出来。

“星星们来喽——”白色鹦哥鱼也跟着附和。

沉寂的海底一时间变得热闹非凡。红珊瑚们打开了昭示欢喜的灯光，海扇们开始肆意摇摆，大大小小的鱼儿用鳞片上的光芒为小海星们照亮了一场欢迎宴会……

第二天清早，井叶一醒来，便发现爷爷正在清扫着落叶，和往常一样的是，新一季的海星们离开大树回到大海之后，树上那些漂亮的叶子们也会全部落下来，空留下一棵珊瑚礁树一般的树。

井叶用左手轻轻地贴在大树的树干上，心里对那些小海星们默默地祝福着。

新的一天似乎没有任何的变化，世界依旧如此美好，大家不知不觉地被带入了夏天的风景画卷当中，心中怀着无限的欢欣。而广阔的大海中，新诞生的小海星们正以它们细小的触角，在珊瑚礁上与海滩上，联系着爬行。

这一天的午后，井叶刚刚从大海里采了几个黄苹果回家，喝着下午茶的爷爷见井叶回来，忙转身从抽屉里拿出了一封海蓝色的信封，递给了井叶。

撕开信封，一片颜色淡淡的信纸像水母一样顺溜溜地滑了出来。只见上面写着：

井叶：

夏天好！有重要的事需要你帮忙，烦请来大海一趟吧。地址：古贝大道蓝沼站7号。代我向爷爷问好。

鲍鱼小仙

敬上

井叶把信上的字读完之后，字儿化成了一个个泡泡，信纸和信封都变成了淡蓝色的雾，穿过翠绿的树荫，飞向灿烂的晴空去了。

一定是有很重要的事情吧，井叶心里想。

简单地收拾好行装之后，井叶就出发了，潜入海水中，身上那件蓝色的T恤被鼓动起来，看上去像是蓝海蜇的衣裳。

按着信上的地址，井叶到了鲍鱼小仙的家，小仙的家十分朴素，是用蓝水晶砌成的，天花板上吊着很多盏金色的珊瑚贝，熠熠生辉。

鲍鱼小仙和几年前的样子一样，披着那件玉飞鱼翅制成的披风，头上戴着九个鲍鱼壳，壳光闪闪的，只不过她的面容上多了些许的忧愁。

"好久不见呀，井叶，看来你真是收到信就直接赶来了！"小仙见到井叶有种说不出的高兴，她还连忙从她的储物柜里拿出海藻薯片、酸海梨片来招待井叶。这些小点心虽然不是很合井叶的口味，但毕竟盛情难却，井叶还是故作喜爱地多吃了几口。

吃完点心之后，鲍鱼小仙邀着井叶在一张小圆桌旁坐了下来。

“井叶，这次找你，是为了这个。”小仙说着，从口袋里拿出了一个玻璃球，里头躺着一只柠檬色的小海星，它稚嫩的颜色里，有一种不可言状的暗淡。井叶仔细观察了下这只小海星，发现它其实少了一只角，但看上去又似乎不是断下来的，海星们原本都有着魔法一般的超强自我修复力，断下一只角，可以轻轻松松地重新生长出来，而这只小海星的原本应该有的那一只角仿佛原本就不存在似的。

“这是怎么回事？”井叶问。

“今年的这批小海星们都十分健康，唯有这只小海星有天生的生长缺陷。”鲍鱼小仙说着，叹了口沉沉的气，连泡泡都是零散无力的，头上那几颗鲍鱼壳也一一暗淡了下去。

小海星仿佛听见了井叶和鲍鱼小仙的对话，它顿时闪出一阵小小的柠檬色的光晕。

“我要听故事——故事。请您给我讲讲关于流星的故事吧！”小海星用天真稚嫩的声音央求着。

“昨天刚讲过的呀，不是说很好听的吗？好听的故事要留在星星的心里，反反复复地回忆才会更美。”

“噢——那好吧，那就下次再说咯。”小海星说着，乖乖地收起了那柠檬色的光晕，好像睡着了。

“我能做些什么吗？”井叶问道。

“想要帮它只有一个办法，那就是去找章鱼婆婆。她是如愿事主，大海里凡不能够如愿的生物都去找她实现愿望。”

“那我们就去找她呗。”井叶站起了身子。

“事情没有这么简单。章鱼婆婆生性古怪，想要获得如愿的机会，必须从自己身上拿出另外一件东西去交换。而这件东西还必须是你最珍贵的而她又最爱的，否则也成功不了。”鲍鱼小仙把那个透明的球装进了自己的口袋里。

最后，在井叶的决断下，他们还是决定去找章鱼婆婆，寻求一线生机。

章鱼婆婆就住在大海的那片海沟底下，那里的水流异常激涌，鲍鱼小仙把自己和井叶一同装在一个大鲍鱼壳子里才穿过了那片水域。

章鱼婆婆其实是一个很年迈的老章鱼。她今年到底一千岁还是一万岁还是十万岁，没有谁知道。她有着老仙女一般的面容，但是下半身却仍然是八只巨大的触角。

“章鱼婆婆，如愿事主，帮帮我们吧，有一只小海星等待你……”

“原来又是有求于我的人，哈！”章鱼婆婆背对着井叶和小仙，语气有一些不屑。然而，当她把头转过来的时候，她忽然把目光聚焦在了井叶的脸上。章鱼婆婆那一刻惊呆了，她用触角快速地挪到井叶的身前，凝视着井叶那双眼睛，眼里闪着淡淡的光。

“怎么了？婆婆？”井叶有一些讶异。

“造孽啊，造孽啊——哎。等了这么多年，我终于等到了。但……为什么，为什么会被封印起来哪，造孽啊！”她嘴里念念有词，说着一些人家听不懂的话。

二人面面相觑。

章鱼婆婆用紫色的手帕抹了抹自己的眼角，说：“孩子，你多少岁了？”

“我？噢，十五岁了。”

“是啊，转眼过了那么多年了。”章鱼婆婆依旧自言自语，随后，她伸出自己的五指，轻轻掐算了一番。“我知道是什么事情了，我愿意做这件事。”

“需要什么做交换吗？”小仙问道。

"不了。快把那只小海星拿出来吧。"

鲍鱼小仙听了婆婆的话，赶忙把小海星从自己口袋里拿了出来。

章鱼婆婆打量了这只还在睡梦中的小海星，用一只触手温柔地碰了碰玻璃球的球壁。说："孩子，醒啊！"

"哦——"小海星小声地回道。

"告诉我，你最想达成的心愿是什么？"章鱼婆婆问。

"嗯——我想变成一颗流星，一颗大海里最闪耀的流星。小仙姐姐跟我说过的，流星是星星里面跑得最快的，能够看到最多风景的星星呐！"小海星振奋地说。

"喂喂喂，瞎说什么啊！快要婆婆恢复你的角吧。"小仙在一边焦急地说着。

"嘘——"章鱼婆婆继续问："那么小海星，我再问你一次，你就没有别的心愿了吗？比如你更想去做的事……"

"没有没有呐，就这一个。我想成为小仙姐姐故事里的那种流星，最美的流星。"小海星干脆地回答道。

听到这里，鲍鱼小仙忍不住啜泣起来了。一颗颗豆大的眼泪，化作一颗比一颗大的泡泡，一个接着一个破碎。

"没有办法，我只能够如愿于它自己。抱歉。"章鱼婆婆对井叶和鲍鱼小仙说。

井叶勉为其难地点了点头，一边安慰着哭着的鲍鱼小仙。

"小仙姐姐，你不用伤心啊，变成流星之后，我还会回来看你的！"小海星说。

"抱歉，小仙，我没能为你们做些什么。"井叶内疚地说。

鲍鱼小仙点了点头，继续无奈地流着眼泪。

章鱼婆婆把八只触手和在一起，雪花状的珊瑚花慢慢落了下来，装着小海星的那颗玻璃球逐渐破碎开来了。小海星像婴儿一般的欢呼雀跃，身体变得温暖变得滚烫，一阵耀目的金色光芒过后，它消失在了大家的面前。

“我也快要死了。”章鱼婆婆安详地说，她的身体开始变得透明了起来。

“为什么？婆婆，你怎么了？”井叶问。

“我是如愿事主，成全了别人的愿望，若自己得不到想要的东西的话，魔法就会消失了。”

“章鱼婆婆，你为什么要这样做呢，你有得选择啊！”鲍鱼小仙带着哭声问。

章鱼婆婆摇了摇头：“也许你们这时候不会明白，但作为一个懂法术的巫灵，一生总得做一件类似于梦想的事情呀。我很知足了，今年我已经有七万岁了。而且今天，我还见到了我想要看到的东西，有什么好遗憾的呢？”章鱼婆婆微笑着，脸上的笑容完全不像一个巫灵，倒像是一个普普通通的章鱼老奶奶。

章鱼婆婆的目光仍旧聚焦在井叶的双眼上，和蔼温暖的微笑始终挂在脸上，直到她完全消逝。

小海星走了，章鱼婆婆死了。鲍鱼小仙和井叶就带着这样一个故事的结局离开了……

“一生总得做一件类似于梦想的事情。”井叶始终记得章鱼婆婆的这句话，她说这句话的时候，是笑得最和蔼的时刻。

在很多个夜晚，井叶会潜进深海，坐在深海的珊瑚花园里，他抱着自己的双膝，静静地凝视着远方。

一颗金色的流星总会在深海里划出金灿灿的波浪，无数的鱼儿紧随在它的身后，那样的光耀、美丽。让井叶的心湖也泛起了感动的涟漪。

但，井叶始终不知道那颗流星是什么化成的。是那颗小海星，还是章鱼婆婆凝视着自己的眼睛的深深的目光呢？

第六章　海蛞蝓

在众多珊瑚当中，竹筒珊瑚的色彩必定是最为绚烂的。

井叶记得，爷爷曾写下过一篇散文，里面有一个句子说：“古老的海神，把调色盘上所有的色彩，都倾注到了一种珊瑚上，那就是竹珊瑚。”

但令人难以相信的是，就在不久之前，有人盗走了竹珊瑚最珍贵的颜色。大大小小的海神和海仙们忙得一团糟。因为大家都知道，偷走竹珊瑚的颜色的生物，不是普通的邪魔，而是一只海蛞蝓（kuò yú）。

海蛞蝓，又被大家称之为海兔。他们是海底颜色最绚烂的生物，但同时具备着令所有人都生畏的剧毒。

珊瑚长老这天特意登上了小岛，来到了井叶家里，请求井叶能够帮助他们解决这个问题。

“大海少不了竹筒珊瑚啊，没有了它，所有的珊瑚都会变得黯然失色，鱼儿们都找不到自己的栖息地了。”珊瑚长老说，手里那根绿珊瑚手杖不住地抖动着。

来，请坐。井叶的爷爷给长老递上了一杯茶。

“谢谢，”长老说，“井叶，拜托了。”

“我该怎么做呢？长老您都想不到办法，我怎么会想得出呢？”井叶问。

“抢走竹珊瑚的颜色的是一只最毒的海蛞蝓，珊瑚和鱼类都无法靠近他，海蛞蝓有一种天生的敏感神经，只要是我们靠近他，他便会立即把我们给吞噬掉的。要知道，海蛞蝓可是连同类都吃的啊。只有对非海洋的生物，海蛞蝓才不敢轻举妄动。”

“是这样啊。”井叶想了想，回答说：“好吧，那我就去会会那只海蛞蝓吧。”

井叶的爷爷也表示支持，他拍了拍井叶的肩膀，祝福着井叶。

“对了，还有一件东西要给你，”珊瑚长老从袖口里拿出一把神铃：“如果遭到海蛞蝓的攻击，摇动神铃可以帮助你摆脱它，但是只有到最危急的时候，神铃才可以发挥它的神效，切记！”

“嗯，我记住了，走吧！”

珊瑚长老亲手把竹珊瑚交给了井叶，它只有普通的盘子那么大，看上去像是由五六个竹筒拼组而成的，但是，竹筒上面已经没有了颜色绚烂的珊瑚花了。珊瑚长老告诉井叶，如果海蛞蝓交出了颜色的话，竹筒珊瑚上的花便会重新盛放开来。

在距离海下珊瑚花园不远的地方，有一处海草城堡，这里的生物一个个都晶莹剔透。水晶般的神仙鱼、小丑鱼，围着井叶团团转。

“嘿，你去干吗呢？”一只透明的比目鱼问井叶。

“我要去找那只最毒的海蛞蝓。”井叶回答说。

“找他吗？那个家伙一般都在前面那块地方活动，不过千万不要和他说话哦，会受蛊惑的。”比目鱼说，侧着身子潜进了沙子里。

“谢谢你！”井叶的话还没说完，比目鱼就已经消失不见了。

井叶继续往前方游，看见的生物逐渐变得少了起来。

井叶在一块长满了细小的海花的空地上停了下来，这里的水流很平缓，偶尔会有几朵粉色的珊瑚花贴到井叶的脸上。

海蛞蝓慢慢地从远处低低地游了过来，井叶被他的颜色给惊住了。海蛞蝓身上的颜色仿佛都是从玛瑙和翡翠中提炼出的一般，原始而动人，脊背上的那些触须，将赤橙黄绿青蓝紫这些颜色都融合进去了，比彩虹更加绚丽。

那色彩，如梦似幻，好似一个跳动的传奇。

谁？谁在看我？

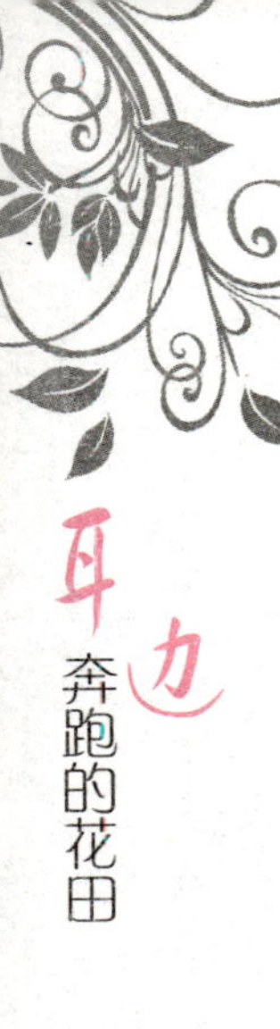

谁？是谁在看我？

海蛞蝓的心里有一丝丝诡异的意识流动。

井叶向海蛞蝓走近了些，手里紧紧抓着那把神铃。

“是你在看我吗？”海蛞蝓问道。

“哦，是的，是我，不好意思，打搅到你了。对不起。”井叶连忙道歉。

“你是外边来的吧？这里好像很久没有什么生物来呢，除了一些烦人的浮游生物。”海蛞蝓说，身上的颜色一眨一眨的。

井叶似乎感应不到这只海蛞蝓的邪恶，于是他收起了紧紧攥在手里的那只神铃，继续和海蛞蝓交流了起来。

“你每天在这里一个人待着，在想什么呢？”

“我？没有什么，就是空白的。不过我的肚子现在有些饿了，我想要食物。”

井叶心里有一丝紧张。海蛞蝓又接着说：“不过，这里可能找不到我想要吃的东西，再忍忍吧。哦，你来这干吗呢？”

井叶想了一想，说：“是为了海底的竹珊瑚的事情，它的颜色被人偷走了，现在大家正在焦急地为它找回原先的色彩呢。”

“哦，有什么办法救它吗？”海蛞蝓问。井叶有些小小的不解，难道海蛞蝓自己偷了竹珊瑚的颜色还要故作不知吗？

“当然是找到偷颜色的贼啦！”

海蛞蝓身上的颜色流动得缓慢了起来，它顿了顿，又说：“能跟我说说外边的世界吗？”

“我没有眼睛。”海蛞蝓补充道。

海蛞蝓没有眼睛，那又是怎样偷走竹珊瑚的颜色的呢？井叶心里疑惑着。不过他仍旧回答着：“外面的世界，很精彩。海底的话，相信你也能够感受得到，这里有数不清的鱼儿、虾蟹，还有庞大的海豹、海狮。每天第一缕阳光射进大海的时候，沾着睡意的海葵总会伸出那长长的歌调，让万物沉浸在复苏的温柔里，晚上的话，大海里很安静，偶尔会有野性的鲸鱼和章鱼、乌贼出没。离开大海，你会看到陆地，在那上面同样有着无尽的植物、动物，还有长着翅膀的小仙灵、守护神，一年四季分为春夏秋冬，每一个季节都会有不同的景象，春天的主打是最柔和的绿色，夏天很热，大家都很忙碌，秋天是收获成果的季节，麦田的金黄把天空也映成了金色，冬天会下雪，大地上白茫茫的一大片，心都会酥软起来……"

海蛞蝓非常认真地听着，头上的触角微微垂下来，入迷了。

"讲完了。"

海蛞蝓一下子抬起了头，触角也竖了起来。"哦！谢谢，第一次听到这么美妙的故事。实在是太好了。"

"我看不见颜色，但是我却能感受得到。颜色们没有形状，但是都非常可爱，吃下去的话，心里会觉得很舒服。"海蛞蝓说。

"哦……难怪你的颜色这么好看呢。"井叶说。

"不，这不是我说的那种颜色。"海蛞蝓说："我们是大海里最奇怪的种族，除了吃颜色之外，我们还吃同类的身体。不过，那味道并不好。"

"那为什么还要吃呢？"

海蛞蝓缓缓地把身子移到井叶面前，盘成了曲状，淡淡地对井叶说："为了生存罢了。爸爸妈妈一生下我之后，妈妈便把爸爸吃掉了。妈妈告诉我，这是种族的法则，妈妈只有吃掉爸爸的躯体，才能够获得更强的毒性，才能够保护自己还有我。于是，我从小便在妈妈的带领下吃自己的同类，先从猎杀小一点的开始，到了后来，我渐渐变大，就可以吃更大更毒的同类，最终，自己会强大到无人匹敌，就不用担心自己被别的同类吃掉了，但很多时候，毒性在身体里发作，简直会令自己疼痛到不能自已，痛不欲生。"

"毒性越强的海蛞蝓，颜色就越鲜艳，这句话果然不假……"井叶说。

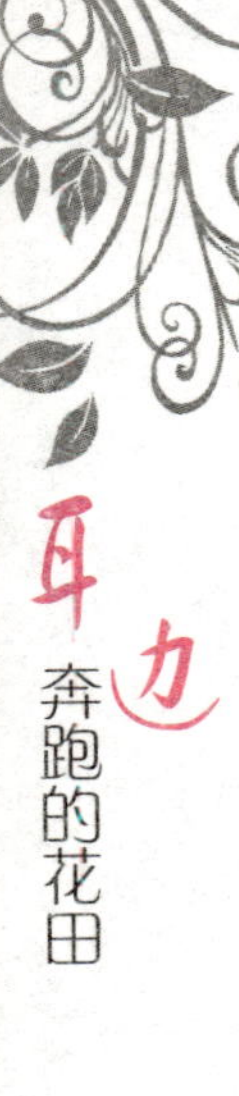

“那不是颜色，那只是毒而已。每一个海蛞蝓都明白，自己吃掉的同类越多，体内积淀的毒也就越多，恶念、黑暗、浑浊，会在我们的身体里交织，让我们的身体越来越沉重。我记得妈妈临死前，逼着我把她吞下去，那时候我说我做不到，她用毒须狠狠地鞭打了我，骂我是笨蛋。‘不要想着逃避，毒的传承，你是躲不开的’妈妈咬牙切齿地说着。后来，我自然吃掉了妈妈的躯体，获得了前所未有的强大毒性，但是我的身体，却一天不如一天了。”

井叶觉得自己的眼角有看不见的东西融化在了凉凉的海水里，他放下了手里的那把神铃，对海蛞蝓说：“谢谢你肯告诉我这么多。”

“没有什么，你是跟我对话最多的人呢，你身上有很强烈的大海的气息，你是什么物种呀？”

“我……”井叶挠了挠后脑勺：“我，哎，很小的那种生物啦，嘿嘿。”

…………

气氛一下子沉默了下来，两方都不知道该说什么好了。

“那个，竹珊瑚，现在在哪里？”海蛞蝓忽然问。

“在我身上。”井叶回答道。

“嗯，好吧，就让我来帮助它吧。”海蛞蝓回答道。

“你要……”

井叶把竹珊瑚放在了地上。海蛞蝓一点一点地向着竹珊瑚爬了过来。

“很高兴遇见你，可以告诉我你的名字吗？”海蛞蝓又问。

“是，我也很高兴。我叫井叶。”

海蛞蝓笑着说：“嗯，井叶。好好加油吧，一点一点长大！一步步地长大，成长的颜色才是真正的好看的。”

“嗯。”

海蛞蝓爬到了竹珊瑚的面前，它把头低了下来，水流梳理着它身上的每一处颜色，斑斓而又分明的色彩簇拥摇摆，像是一片海底的小小花田。

“我们从同类和亲人身上摄得五颜六色的毒汁，狠狠的凉意，夹杂着似苦非苦的味道，还有空虚的疼痛，斑斓且麻木着我们的身体，那是一种肆虐。长久以来，我们一直生着灵魂的病，无法痊愈。……再见了，井叶。”

海蛞蝓亲吻了一下竹珊瑚，就那么一瞬间，它顿时暗淡了下去，新生的颜色，顿时在竹珊瑚上缤纷地萌发起来……

井叶走了过去，海蛞蝓身上的颜色已经消逝了，它变得透明了。

井叶拾起留在海蛞蝓身上的那块梦境，走了进去……

二

我是一只海蛞蝓，我出生才不到一百天，但是今天，我却差点死掉了，死，会是什么样子的感觉呢？

那一天的夜里，我匍匐在礁石上，像傻瓜一样发呆，一只调皮的鱼竟然用嘴巴啄我的触角，我感到有些烦，轻轻用触角推开了它。而后，它竟没有再啄我了，接着，我便嗅到了一股带着腥味的腐朽的气息。

忽然，我感受到了前方有同类靠近，他的架势很不一般，应该是我的哥哥或是姐姐吧。从我出生的那天起，妈妈就告诫过我，不要跟比自己年长的同类在一起，要不然，可是会吃大亏的。

我一直规行矩步，所以一直活得很好。然而那一次，我却忘了妈妈的话。

前方的同类渐渐地朝我爬来，周遭出奇的安静，好像这整个世界里就只剩下了我和它一样。为了表示亲近，我也朝前爬了过去，一点，一点，一点地爬了过去。

“呀——”没等我喊出声来，我感受到有一种巨大的黑暗

忽然把我罩了进去,我的触角也失去作用了,我心想着我一定完了,我马上就会被我的同类给消化掉,变成他的毒汁了。

我闭上眼睛,静静地等待着死亡的审判。

就在这个时候,笼罩在自己身边的一片昏暗忽然消失了。果然万幸,是妈妈来了。她吃掉了那只海蛞蝓,把我救了下来。

从那以后,我更加的小心了,感到有比自己更大的同类便主动地避开。与此同时,我在妈妈的帮助下,吞噬更多的同类,我甚至掌握了很多奸诈的方法,比如伪装成一片海葵或是珊瑚,出其不意地杀死同类,或者是引蛇出洞,一口气吃掉好几个,当然,遇到比自己小的,完全不用顾忌,随口吃掉就行了。

我的毒性变得越来越强了,虽然历经那么几次生死搏斗,但我始终胜利了,于是,我轻而易举地从别人那里拿到了数年积累的成果。

没有什么生物再敢伤害我了……

二

比起猎杀同类,毒死大石斑鱼,更让我痛苦的,其实,是吞噬自己的亲人——我唯一的妈妈。

那一天我刚刚吃完一只未成年的海兔,他的毒性还不能够伤及我半分,吃掉他,于我来说真是易如反掌。我凭借着吃掉他而获得的一份充沛的精力,在家附近散着步。

淡淡的水流,把妈妈的哀鸣声传到了我的心里,我来到妈妈的房间里。

她好可怜,妈妈已经几天没有吃东西了,虽然我看不见,但是我能够感觉到,妈妈身上的颜色一点点的暗淡消退掉,曾经最绚烂的那几根朱红色的触角,在我心里像火一样燃烧着,现在我能够感觉到，那几根触角兴许也渐渐变成了粉红色，这意味着妈妈的毒性渐渐溃散掉，融入到海水之中，让无辜的海水也被赋予了毒性。我知道，无数的鱼虾蟹都将死于非命。

“妈妈，我去抓只又大又亮丽的蛞蝓给您吧。”

“不用了，孩子，你把妈妈吃掉吧，带走妈妈的毒吧，我已经快不行了，就要死了。”

我呜呜地哭了起来，说不出一句话，我知道，我的眼泪里，也有毒。

“傻孩子，还哭，怎么？比我这老蛞蝓的心还脆弱？快，别哭了，你这样子，可把身体里的毒都给流光了！”

我试着制止住自己，但仍然不住地抽泣着。我每一天都目睹着死亡，或者是自己亲手制造着一起又一起的死亡，但是，我不愿意看到妈妈的死，这对于我来说，也许就是一场无尽的孤独寂寞，甚至是危险的死亡。

“不，我不要。”我大声喊道。

我惊呆了，妈妈竟然竭尽她全部的力气，怒不可遏地用她的毒鞭在我脸上狠狠地抽了一把。眼泪，在那一刻，莫名地止住了，曾在妈妈身体里流动着的毒，现在以海水的形式，像是深海的蔓藤一样缠绕着我，让我有种窒息的感觉。

妈妈对我说了最后一句话：“毒的传承，你是躲不开的！”

嗬，这句话，我未曾懂过吗？

我真想告诉她，我懂。我——是一只海蛞蝓，所以注定带着毒在身上，不能让外界的生物靠近一丝一毫的距离，注定要让毒液日日流淌在身体的血脉中，侵蚀灵魂，然后在肉体的外表上，盛放出鲜艳到狰狞地步的色彩。所以，哪怕到了生命的最后时刻，奄奄一息时，也要尽自己最大的力量，呵护着这毒，

让它不至于蒸发在浩瀚的大海里，要让它留存下去，生生不息地给下一代的蛞蝓，带去更绚烂的颜色，更痛苦的折磨。

可是我——好恨！

好恨啊……

妈妈身体里渗出来的毒麻痹了我的双唇，我感觉到，她已经轻轻的，像是一片泡沫一样，轻轻飘进了我的口中。

斑斓——化为了一片混沌，我失去了知觉，但我知道我已泪流满面。

三

转眼间，那么多年过去了，我的寿命整整比我的母亲长了数百年。

那一天，在一片小珊瑚礁上行走着。忽然觉得前方有一种浅浅的温暖荡涤着自己的心胸。

爬了过去后，我的心映照出了一份温暖迷人的颜色。

好可爱，像是年轻的心脏，跳动出的节奏，好像是小鼓一般。

我想要拥有它。

于是，我张开了嘴，把这可爱的一簇颜色给带走了。

井叶，这会不会就是你想找的竹珊瑚的颜色，我，不敢告诉你，我……对不起了，现在把它交给你，要好好保护它……

井叶看完了海蛞蝓留下的这段梦境，舒了长长的一口气。海蛞蝓把自己身体里所有的颜色都给了竹珊瑚，而自己的身体已经变得完全透明了，同时薄如蝉翼，不像是死去般的苍白……

竹珊瑚的花儿一朵一朵开了出来，摇摆着海蛞蝓的灵魂，一个真正斑斓，不再生病的灵魂。

第七章　田川主人

小岛的西山上，有几片自然生长的稻田和一块由稻田里潺潺的溪水汇聚而成的荷塘，传说，荷塘里的每一条鱼，每一只小虾，每一条泥鳍泥鳅都是森林之神在太古时代册封的神灵。它们的外表与寻常的同类无异，但却都有着不可思议的魔法。每年夏天，它们还会抽空到大海里畅游一番，顺便把一些喜欢旅行的小鱼带到荷塘去。

荷塘中的水，是从那些小田地里的小溪里汇过来的，因而，统领这块荷塘与稻田的神，便被称作田川主人，他是一只奇异的蓝莲幽龙，全身上下都布满了莲花状的蓝色冰晶一般的龙鳞，只要他一现身，全身上下的那幽蓝色的光芒，便会顷刻之间把荷塘和田地，映成冷而柔和的蓝色。可是，似乎不曾有人见过这位田川主人的真实面目。

清晨，海龙王在山头布下乳白色的雾。阳光射过来，雾仍未散开。荷塘边上，摆着七个精巧的龙纹盘。其中一盘，放着上好的甘露枇杷果，上面露珠闪闪的，还有一盘是放着堆得像一座小山包似的野生北极贝贝肉和晒干了的长棘海星，其他的几盘里还有海蘑菇伞包乌贼丸子、冰糖蓝莓子、荔枝花拌蜂鸟蛋黄丝、冰湖边采下的小野蕨、螳螂虾串。这些东西无一不是田川主人喜欢的食物。

紫苏花男孩牵着沼泽小鱼妖的时候，双手合十，在这里静静地祈祷着。

“田川主人大人，请在野莓谷玉兰荫 77 号的那片小沼下，降下一场幽蓝色的雨吧。我们会好好收集每一份雨滴，不忘您的恩惠，每年都会给您最丰盛的贡品。”沼泽小鱼妖虔诚地默念。

紫苏男孩身穿着好看而又古典的长袍，上面绣满了密密麻麻的紫苏花，把他皎洁的脸庞衬得更加清秀。他从自己的袖口里拿出了一小碟紫苏糖，放在了其他贡品的旁边，然后开始了祈祷："亲爱的田川主人，我要的不多，我替薄荷弟弟来求您，希望您能够治愈好他的枯叶症，您只要下一小下的幽蓝色的雨，他的病就会痊愈的，到时候，我们一定亲自给您献上薄荷紫苏茶。"

两人拍了拍手掌，深深鞠了好几个躬。地上的小土妖，一边咯咯笑着，一边从盘子里偷出几个贡品吃着。

紫苏花男孩和沼泽小鱼祈祷完之后，一起下山回家，正巧在路上碰见了井叶。

"井叶，早上好！"紫苏花男孩和沼泽小鱼妖齐声问候道。

"嗯，你们好，我正要带着爷爷刚写好的诗歌上山去种呢。"井叶回答道，"那你们呢？这么早在山上做什么呀？"

"我们刚刚从田川主人那儿回来呐！"沼泽小鱼妖说。

"哦？就是那条鬼神不知神秘兮兮的龙吗？"井叶露出一份不可信的表情。

"没有呢，田川主人很仁慈的，东山的一株三叶草不就是再三祷告，经田川主人的点化，变成了一棵四叶草吗？"紫苏花男孩说。

"可是也不就那一棵三叶草成功了吗？而且，怎么老是说这个老掉牙了的传说呢！"

井叶摇了摇头，说了声再见，又继续上山了。

井叶把爷爷写好的诗稿种子埋进了山里最肥沃的土壤中，一场太阳雨落下之后，土壤里便长出了新生的诗草诗花，鲜艳无比。

西山稻田里的禾苗在晨阳当中一棵棵拔节，蓝莲幽龙，也就是田川主人，在这一点点的拔节声当中醒了过来。

"嗯——好香的味道啊。"他才刚刚醒来就闻到了紫苏花男孩和沼泽小鱼妖送来的贡品。田川主人以隐身的形态从荷塘里飞了出来，用胡须擦了擦自己的睡眼，然后惊叹道："好久都没有人给我送这么多好吃的了，好，我要饱餐啦！"

"嘿——大人——"

田川主人听见身后有人在叫，原来是荷塘里的大长老，溪鬼。

溪鬼长老长着龙虾般长长的胡须，样子长得跟小鳖差不多。它是荷塘里的大总管，平时有什么烦琐的事务都是由他来处理，比如说，向田川主人整理汇报求拜者的愿望。

"哎呀，你又什么事呐？一大早在这嚷嚷。"田川主人不耐烦地说。

"大人，您忘了吗？十年一度的修行又到了。"溪鬼长老有条不紊地说。

"噢……是吗。"田川主人顿时脸色暗了下去，颓唐不已。

溪鬼长老清了清嗓子说："大人，身为一个伟大的神明，这考验可是躲不过的噢，趁早出发吧。"

"我知道，知道，不知道今年我又会遇上什么麻烦呢。"

溪鬼长老所指的修行，对于田川主人来说简直是"天劫"，这是森林之神册封的神里所拥有的最独特的修行待遇。这修行每十年一次，每一次他都必须到荷塘之外接受历练，且会有不同内容的磨砺等待着他。就像前两次的修行，田川主人面对的其中一个考验就是变成泥鳅，须从田野里钻坑，一直钻回荷塘，当然，这可让田川主人吃尽了苦头，一头栽到动物的粪便里不说，还差点让一只大蛤蟆给吞了，后来又差点被小螃蟹给夹成了个两段，还被蚯蚓大妈当成了亲戚去做客，当田川主人恢复了法力之后，他自然立即惩罚了伤害他的蛤蟆跟螃蟹——把他们也变成泥鳅，为期十天。

田川主人经历的另外一个考验则是海洋大冒险，众所周知，田川主人魔法盖世，但是一到大海里法力就会减半，斗上一只龙鱼都要花上好

长时间，所以，在那一天的历练时间里，田川主人一连击败了剧毒蓝环章鱼、金海鳝等诸多强手，同样的，为了报复那些给他制造麻烦的家伙，田川主人结束修行后，立马联络了海龙王表弟，要求他给那几个不知天高地厚的家伙一点颜色瞧瞧。

每经过一次修行，法力都会增加许多倍，这也算是一分收获吧。

但是田川主人对此不以为然，没有什么比在自己家里舒舒服服待着，吃着好吃的贡品更加幸福的事情了。

“大人，今天的贡品全是紫苏花男孩和沼泽小鱼妖送来的，他们的愿望是……”

田川主人漫不经心地听着，说：“呼，要求这么多吗？哎呀，最近我魔法状态不佳，这让我好好想想。”

“想？您只要随便下一场蓝雨就行了，才耗费了几成魔法呀？”溪鬼长老有点不满地说。

“您老人家不懂，不懂，哎，不跟你说了，我先走了……”

说罢，田川主人嗖的一声飞走了，溪鬼长老望着他远去的身影，摇了摇脑袋。

一阵小飞行过后，田川主人降落在了半山腰的一片长满了马齿苋的小地上。

“危险到现在都还没降落到我的头上，这次的修行该不会又有什么稀奇古怪的事降落到我头上来吧。”田川主人嘟囔着。

“唉呀，我这是怎么啦？”田川主人忽然大叫着，他的身体开始迅速地抽搐，身上华美的蓝色鳞片开始剧烈闪烁，噗——的一声，田川主人口里吐出一阵白雾。

“噢，我明白了，原来这次是法力全失啊，哎，也不算什么啦。”他自我安慰道。

田川主人在附近四处闲逛了起来，挺着细瘦的肚子，大摇大摆地走着，没事咬一口路边的野花，咀了咀，又猛的一口吐出去。

正巧在这个时候，田川主人碰见了专心栽植诗歌种子的井叶，于是，他跑了过去，喊道："嘿，小伙子，在干吗呢？"

井叶看见这个陌生的路人，以为是一条普通的小蜥蜴，便热情地说："我在种诗歌呢，小蜥蜴，你身上的蓝色还真是很特别呐。"

他说我是蜥蜴啊……蜥蜴，不行，忍耐，忍耐。田川主人心里暗暗想着。他又接着说："哦，种诗啊，是有听说过，岛上有一个老诗人呢。"

"你知道？"

"那当然，别以为我平时不出门我就什么都不知道啦。啊哈！"田川主人得意地说。

井叶一脸无语的表情对着他。田川主人又继续说："嗯，让我来看看这些诗花诗草长得怎么样……嗯，很好看，哇哦，味道也很香哦。"

田川主人在一边聒噪地评论着，井叶视若不见，田川主人见自己如此被忽视，便忍不住卖弄了起来。

"小溪／你是大海的一个深邃的目光。水里的荷塘，荡漾着一个季节的符号／夏风轻抚／水上的波纹，那是月光的掌纹／明媚的风景／与梦同色……"

井叶惊异地叹道："想不到小蜥蜴也有这么强的感悟力，你竟然读得出花草里面的诗歌啊……"

看到井叶对自己赞叹有加，田川主人眼睛一闭，嘴巴和尾巴都翘得老高："那是自然，这美妙的诗歌，不就是在歌颂田川主人治下的荷塘美景吗，嗯，那实在是，实在是美呀。"

"才不是呢，爷爷写的诗只是为了让那些简单的文字萌芽生长，献给自然，献给小岛上的万物。他是由衷地热爱这里的美丽和平静。"井叶

一本正经地说着。

田川主人说:“哎,小孩子毕竟是小孩子。”

“再说了,那个田川主人,谁也没见过,天知道他是个什么人物,或许就是一个好吃懒做,只会吃贡品的懒惰小神仙罢了。依我看,去求见他的紫苏花男孩和小沼泽鱼妖,肯定会被这个神给弄失望的。”井叶说。

“你……小子”田川主人最忍受不了的就是此类言辞,他顿时火冒三丈:“说这种话可是要吃亏的!”

井叶见那“小蜥蜴”一脸气呼呼的样子,身子都气成了绿色,便也不说话,由着他去,自己做起事来。

咚——咚——就在这时,大地不知怎的突然猛烈震动起来。两人不约而同地向远处望去,一个巨大的像是巨龙一般的黑色暗影出现在树丛当中。

“咦?这不是我那恶魔亲戚影魔龙表叔吗?他怎么会在这儿?”田川主人心里嘀咕着。

“喂,傻小子,找个地方躲起来,这家伙不好惹,就到那个树洞里躲起来,快点。”田川主人命令道,井叶虽然不太喜欢这只性格古怪的蜥蜴,但看他出于好意,还是依照从命了。

黑色暗影龙一点一点地向井叶他们靠近了,地面震动的幅度越来越大,乌鸦们一个个从树丛间飞出。黑色的暗影龙,忽然张开那张大嘴,匿藏在树枝里的那些小夜兽一个个被他吸进了嘴里,他的身体变得更为巨大,更为黑暗,那无数的小仙兽们一个个被吓得四处逃窜。

“可恶!一定得去阻止他。”井叶说道。

“不行,你要这样子一定会被他给收拾掉的。”田川主人说。

“那可怎么办啊。”井叶说,“你快看!他手里还抓着人呢!”

果然,暗影龙的手上,抓着一个小女孩,小女孩挥舞着自己的手臂,还洒下纷纷扬扬的白色花朵,好像是在求救的样子。

“难道不去救她吗？”井叶焦急地说。

田川主人也很着急，毕竟此刻他法力全无，心有余而力不足。忽然，他灵光一闪，想出了一个办法：“小子，你快对那个女孩说，要她先屏住呼吸。”

“为什么啊？”

“别问为什么，只有这样做才能够搭救她啦，快去做噢！”田川主人催促道。

“嗨——上面的小女孩，想要得救的话，你试着屏住下呼吸！”小女孩听着井叶的话有些许迟疑，井叶又再次把话给重复了一遍，这下小女孩仿佛明白了，便屏住了呼吸，暗影龙感到自己手中的呼吸声不见了，顿时没了感觉，一松手，小女孩便从他手中落了下来。

小女孩略施展了些魔力，一阵小风从她的背上拂过，她很轻快地降落到地上，并跟井叶一起躲进了树洞里。影魔龙也就这样不知不觉地走远了。

“谢谢你救了我。”小女孩感激说。

“不谢不谢，呵呵，”井叶客气地回答道。

“你应该谢我才对吧，主意可是我出的噢！”田川主人说。

“嗯，谢谢你，我叫秤星，小蜥蜴。”小女孩说。

田川主人再次被推到了被误解的深渊里，一脸尴尬，一言不发。

“话说，你是怎么被那只巨龙给抓到的啊？”井叶问。

“这个……哎，还真是说来话长，我住在北山下的梨花树下，那天清早我正摘梨花，给生病的小孩子治病，不料黑龙出现，紧接着被那个大家伙给劫去了。”秤星说。

“哎，你真傻，为了帮人家，竟然……”田川主人说。

“不是所有人都跟你一样，觉得自己最重要啊。”井叶打断道，田川主人有些无地自容，脸红红的。

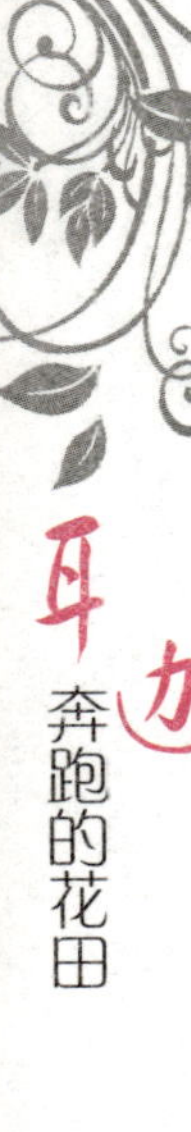

“你跟他无冤无仇，他为什么要抓你。”井叶继续疑惑地问。

“啊哈，傻小子，这你就不懂了。”田川主人得意地说：“那家伙叫影魔龙，他最喜欢黑暗，眼睛里自然容不得一丝明亮，特别是那种纯洁的灵魂。”

“哇，你懂得真多耶。”秤星说。

“那当然，我可是……”田川主人差点儿说漏了嘴。

“对了，大家想不想喝点梨花汤？”秤星笑眯眯地望着他们俩。

“梨花汤？听上去很好哦，可是那该怎么做呢？我们现在躲在这里，连水都没有呢！”田川主人说。

“不用担心！”秤星笑了笑。她从衣服的口袋里取出了一捧新鲜光泽的梨花花瓣，用微微的气息吹去花瓣上的水滴。她张开五指，玻璃色的指甲上，渐渐渗出闪闪的水滴，每一颗小水滴上都有着一个梨花花瓣的印记。真是不可思议的法术呢，田川主人心想着，他和井叶都屏息注视着秤星的举动。

秤星手里的水珠一滴滴落到她手心里的花瓣上，秤星不断地吹着气，指尖渗出来的水就越来越多，渐渐的，梨花花瓣们都开始融化在水里，浓郁的梨花香四散开来，大家感觉置身在梨花花海里的浓郁芳香当中。

秤星变出了两只小碗，酿好的梨花汤顺着她的指缝，一滴不剩地流到了碗中。

“来，尝一尝吧。”

田川主人和井叶接过秤星递过来的梨花汤，像是饮下一缕花香般的，飘飘乎地沉醉在无限的芳香当中了。

“这是我的拿手好菜。味道如何呀？”秤星问。

“不错不错，很久没有喝过这么好的汤了。”田川主人称赞道。

“真的很不错呢！”井叶也非常喜欢，他摆出了一个大拇指的姿势。

就在这个时候，大地又开始猛烈地震动了起来。影魔龙又再次降临了。

田川主人感到在一阵梨花香气的沐浴下顿时有了少许力量，他率先飞出了树洞，并大声说："井叶，你和秤星先走！"

田川主人为了躲开影魔龙的视线，躲在了树丛的后面，他准备伺机拖住影魔龙的脚步，阻止他的前行。

"出来，出来，快给我出来！"影魔龙大声发出这一阵又一阵可怖的声音。

"在这，在这你过来呀！"田川主人躲在树叶的背后发出一阵阵嘻嘻哈哈的笑声。

影魔龙四处张望不见人影，更加愤怒，于是便四处乱踢打着。

"嘿，小蜥蜴，接着！"秤星突然向树上的田川主人丢过去一把有着梨花纹路的匕首，"用这个对付他！"

听到秤星的声音，影魔龙发现了她的踪迹，立马伸出他的举手，把秤星和她身边的井叶都给抓了起来。

田川主人见到此状，孤注一掷，他把匕首打开，顿时梨花般的光芒四射开来，匕首刺入影魔龙的手臂，他惨叫一声，把井叶和秤星放了下来。而田川主人此刻似乎全身充满了力量，他盘旋到了更高的天空之处，一阵龙怒吼，天空顿时被一片幽蓝色的云朵笼罩覆盖，一阵霹雳下来，幽蓝色的雨奇迹般的降落了下来，影魔龙的魔法顿时失效，他被迫融化成了一摊地上的暗影，渗进了土壤之中。

呼呼，修行结束了，太完美了。田川主人降落到地上，心想。

井叶和秤星跑了过来，井叶问："小蜥蜴，刚刚发生什么事情了，怎么一阵幽蓝色的雨下下来了？"

"你还不知道吗？是田川主人做的呀！"

"田川主人？啊？在哪儿？在哪儿？"秤星讶异地问道。

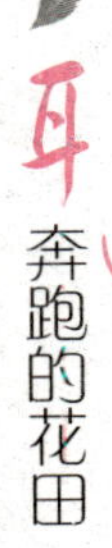

“还在哪里呢，就是我啊！是我啊！刚刚我不是飞到树上了嘛！”田川主人说。

“哈哈哈哈哈哈哈……”井叶和秤星对视了一下，大笑了起来。

“你们笑啥啊？”田川主人不解地问。

“小蜥蜴，刚刚你拿匕首确实救了我们，可是，这怎么能证明那场幽蓝色的雨就是你降下来的呢？”秤星笑嘻嘻地问。

“没想到你这家伙一下子又变得这么勇敢了，可是吹牛是不好的噢！”井叶说，二人又开始笑了。

田川主人知道怎么着他们二人也不会相信自己，在他们的眼里自己始终是一只小蜥蜴而已，他自我安慰了下。又转身说：“嗯——危险已除，嗯——我得走啦，你们好好玩吧，拜拜！”

话一说完，他便独自潜进了草丛。走的时候还不忘说：“谢谢你们，给我这么好玩的冒险，还有，我喜欢那梨花汤噢！”

后来，井叶和秤星一同相邀着回家，在山脚下分手。

紫苏花男孩和小沼泽鱼妖的愿望竟然都纷纷实现了，他们都把自己的经历写成信告诉了井叶，井叶不得不对田川主人刮目相看，再加井叶觉得上次的幽蓝色的雨，一定是田川主人降下来的，心里更是有种说不出的感激。

可是……

那只小蜥蜴硬说自己就是田川主人，井叶着实不相信，田川主人法力高强，乐于助人，怎么会是那家伙的德行呢？他根本一点都不像是一个神嘛。

而这会儿，经历了一次别样的修行后，田川主人回到自己的家里，开始整理起了曾经所有求助者的愿望，勤勤恳恳，日夜施法，连溪鬼长老都对他称道不已呢。

第八章　吹雪梨树下的少女

上次的奇遇经过不久之后，井叶受到了秤星的邀请——到她的住所做客。

秤星的家是用一些梨花花瓣围城的一个圆圈，圆圈里，有一棵巨大的梨花树，树荫下大多都是晴朗的天气，有时候也会多云，不过那是在梨花开始飘落的时节了。梨花树最奇特的地方就在于，在它的树丛之间，有无数的小鳕鱼在其中飞行，他们不需要一丝一毫的水分，他们借助花香的力量飞行，同时年年岁岁都靠吃着花蜜过日子，因而，他们通体透亮，非常好看。

秤星在树荫下铺了一片玫瑰红的地毯，上面有着花草树木，山川河流，秤星告诉井叶，这地毯上的万物风景都是真实存在，而且不断变化，每隔七七四十九天，地毯上的一些风景就会变化，当新的风景出现的时候，大梨树就会用根须吸收掉这些风景当中所有的污染和黑暗，充分的净化掉它们。

井叶和秤星都蹲坐在地毯上，梨花树的树枝给他们递来两杯香浓的梨花茶，井叶闻了闻茶的香气，问："这跟梨花汤有什么不一样的地方吗？"

"区别很大，梨花汤是我用魔法做出来的，而梨花茶是用天然的雨露精华炮制而成的呢。梨花汤喝起来，会感觉无数个毛茸茸的温暖的小梨花在唇齿间蠕动，而梨花茶则是非常清爽的。"秤星解释道。

"对了，梨花茶还能够治疗很多病呢。"秤星说。

听秤星这么一说，井叶想到了在家里的爷爷，爷爷最近几天对井叶十分冷淡，可能是由于生病的缘故，爷爷也不知怎的生了病，整天在梦里

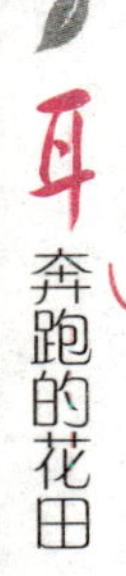

都念着，井叶，琉璃街什么的。于是井叶说："能不能给我点梨花茶呢？我带回去给爷爷。"

"行。"秤星递给井叶一个小茶包。

"对了，上次我们打败影魔龙的时候，你是从哪儿弄来了那样一把锋利的匕首呀。"井叶问。

"井叶，那把匕首，是我的母亲花巫留给我的，我自出生后就未曾见过她，她在我的身上留下了这把匕首，每当我遇到了危及生命的灾难，这把匕首总是可以帮助我躲过灾难，因为上面涂抹着我母亲花巫的血，那是可以让人瞬间感到无比剧痛的花液。"秤星告诉井叶，喝了一口梨花茶。

"你妈妈现在在哪呢？"井叶问。

秤星冷冷地回答说："不知道，死了吧……"

秤星看了看井叶呆滞的神情，指了指他们所处的圆圈："井叶，看看吧，这个就是我母亲给我的，这里对于我来说就是监狱一般呢。这个圈，外人走得进来，而只有我出不去，上一次我之所以被带了出去，就是因为影魔龙掠劫我的时候，用黑暗魔法冲破了这里的结界，现在我回到了这里，结界自然被修复，我再也走不出去了，只能够天天待在这里。"

井叶说："不过，还是有人可以走进来，可以天天陪着你呢。像我不就是吗？"

井叶笑呵呵的样子让秤星的心也舒服了许多。她说："我和这大梨树的命都是连在一起，它死了，我的命运才会终结。"

"不！不会的。"井叶说。小鳕鱼们一个个从树丛间游了下来，围着秤星转。

"谢谢你们，不用担心我。"秤星笑着对那些鳕鱼们说，他们一个个又乖乖地回到了枝头。

"井叶，帮帮我吧，我真的很想走出这里呢。只要破除了我母亲的结界，我就可以出去了。”秤星说。

井叶沉思犹豫了一小会儿。最终点了点头，答应了秤星。

可是，该怎么办呢？井叶想不出办法。

“我母亲一定在这里植下了一种妖怪或是精灵，他们虽然支配着圆圈结界，但自身魔力并不高强，只要你抓住了他们的翅膀和尾巴，就行。”秤星说。

“可是……我……我怎么能？”

“不用担心，我知道，能不能抓住是取决于眼睛的灵魂，井叶你的眼睛里蕴藏着灵动之色，你一定可以发现到的。”秤星鼓励道。

井叶接受了秤星的意见，他闭上了眼睛，开始用简单的感觉，搜寻在这小圆圈内的妖怪和仙灵。

梨花花瓣轻轻落下，圆圈内静得出奇。

一道微弱奇异的光芒仿佛从井叶的视线里拂过。井叶迅速伸出手，抓住了那道光。

“太好啦！抓到了！”秤星在一边欢呼着。

井叶睁开眼睛一看，自己手里抓着的，竟然是一张颤动不止的卡片，卡片上绣着蓝绿色的画框，画框中间有一只精灵的画像，看上去像一个小女神。

“求求你，放了我吧，放了我吧。”卡片忽然变成了那只小精灵的模样，她张开美丽的翅膀，羞涩地颤动着。

“这么多年来，就是你在囚禁着我吗？为什么你要跟我母亲一样夺取我的自由呢！”秤星质问道。

“我……”小精灵答不出话来。

秤星头发微微甩动了一下，泪水顺着脸颊一颗颗落了下来。

“别哭。”井叶安慰道。

“秤星，对不起，其实你母亲这么做都是为了保护你呢。”小精灵说：

"一个花仙子要是没有足够的学习经验就轻易走出自己的领地的话，很有可能会在竞争当中迷失自我，只有真正地超越了自己，结界才会消失，秤星！"

"什么……"秤星沉默了："那她为什么要舍我而去？"

"她并没有离开呢，花巫大人，时时刻刻都守护着百花！"小精灵说，"还有，秤星，我觉得你做的梨花汤实在太香了。我不想离开的原因，或许就和这汤有关吧。"

秤星凝视着小精灵，重重地点了点头。

梨花树，开始纷纷扬扬的卷起无数的花瓣，如雪一般，漫遍了天空，梨花树周边的圆圈结界，开始逐渐消失。

梨花茶和梨花汤，摆满了整个小岛……

第九章 紫印皇后，森林之歌

每年夏秋相交的时候，浅海的地毯海葵和公主海葵们的触手会开出一朵又一朵斑斓的花，大海里，四处都飘散着五颜六色的花粉。

当花粉渐渐飘尽的时候。在大海的海葵林深处沉睡了一年的海葵少女，便会徐徐升上海面，头上的那一顶玻璃般的冠，在四射的阳光下，会折射出大海的蓝，当她那长长的裙子在笼罩着海面的时候，所有的躁动都会随之被掩盖而去，小小的蜻蜓、蝴蝶、独角仙，都会乖乖地在裙子上停歇下来，听海葵少女唱那好听的歌曲。

海葵少女，名叫小依，是井叶的好朋友，很多次小依唱的歌曲，都是用井叶爷爷的诗歌作歌词的。所以，每年的这个时候，井叶都会准时坐在海边的沙滩上，一边静静听小依用温柔的声音唱歌，一边用爷爷抽屉里翻出来的那只小音盒录下小依的歌声，把歌声带给家里的爷爷听。

歌唱马上就要开始了。井叶和岛上的生灵们都静静地期待着。

小依把双手交握着，并把手放在胸前，闭上了眼睛，开始了歌唱前的酝酿……

大家屏息期待着，等了很久，却不见声音飘出，井叶也疑惑着，是不是小依的声音被海浪声给卷走了，才使得大家都听不见。

“咳——”

小依咳嗽了一声，身子在半空中倒下，裙子上的小虫儿们一个个飞了起来……

“小依，醒醒。”小依睁开了眼睛，发现自己已经躺在了森林的草地上，井叶正在不断地呼叫着自己。

小依渐渐爬了起来，她刚想发出声音，却感到自己的声线被死死地锁住了，连一丝微弱的咳嗽声都发不出来。

“小依，你没事吧。”井叶问，小依摇了摇头，笑了一笑，用手指着自己的喉咙。

“你不能发出声音了？”井叶惊讶道。

这个时候，井叶突然想起了小依在唱歌之前从她身边飞过的那一只深紫色的蝴蝶，井叶觉得，小依突然之间不能说话，很有可能就跟那只蝴蝶有关系。

于是，井叶带着失声的小依四处询问紫色蝴蝶的踪迹，从鼹鼠先生的巢穴，到蜈蚣一家的小城堡，通通问了个遍，最终，他们在一只老蟾蜍的提点下，顺着他给出的方向，向紫色蝴蝶追去。

井叶他们走进了一个幽僻的小林子，地上有很多袖珍的小鹿在走动，一只紫色的小鹿不小心碰到了井叶的鞋子，竟然一头钻到了土壤里面，井叶笑嘻嘻地望着它，直到小家伙又重新爬出来，井叶给他打了一个小小的招呼，小鹿开心地笑了笑，向井叶投去一声小小的鸣叫。

越往深处走，空气就变得越清凉，小依深呼吸，感觉到了前所未有的

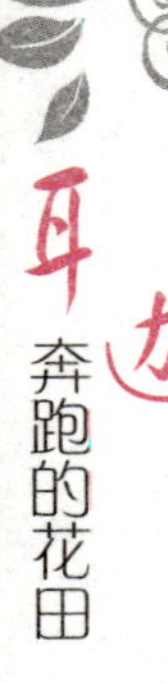

舒畅，井叶觉得自己的脸上湿漉漉的，不大舒服。

“嘿！在哪里！”井叶大声叫道，赶紧带着小依追向了紫色的蝴蝶。

紫色的蝴蝶不紧不慢地飞着，而井叶和小依虽然穷追不舍，但是他们却感觉自己的脚步像是被时间放慢了一样，步子跨得再大，也好像只迈出了一小步。渐渐的，身旁的风景变得虚幻起来，地上长起了无数像水晶一般有着棱角的彩色蘑菇，七彩的鲨鱼、头戴宝石的紫罗兰鱼和带鱼纷纷在四周游动了起来。

仿佛进入了一个迷宫一般，四处都是小道，蝴蝶慢慢地飞，井叶和小依紧紧地跟着它，唯恐跟丢，但是彼此之间的节奏仿佛都不快不慢，恰好合适，永远保持着一致的距离。

紫色的蝴蝶慢慢变成了淡紫色，井叶他们也感到自己的步伐变得快了起来。井叶伸出手，正要抓住它的时候，蝴蝶像被日光蒸发掉了一般，不见了。

一阵悠扬美妙的如水琴声传了过来，一个个音符围绕着井叶和小依，像炊烟一样旋转着。一个穿着紫色长袍的少女出现在了井叶和小依的面前，她淡定地弹着一把玻璃色的钢琴，那只紫色的蝴蝶，就停留在钢琴上，小依的歌声，竟就奇迹般地从蝴蝶弯曲的触角里面蔓延了开来。

“你是谁，是你夺走了小依的声音吗？”井叶质问那个少女。

少女朝井叶轻轻笑了笑，缓缓弹完了自己的曲子后，对井叶说：“不好，我的小音符又出去惹事了，不过它没有恶意呢，平时在我的琴谱上待久了，一心想去外边听听好听的歌声。”

“哦？”井叶一脸疑惑。

少女向小依走近了，用手轻轻抚摸着她的手臂，说：“你也是大海来的吧？”

小依觉得对方的手非常温暖，还带着几丝大海的味道。她点了点头，嘴角的弧度微微上扬。

“歌声,太美了。”她说。

少女用手将紫色蝴蝶召唤过来,蝴蝶停在了她中指的指尖上:“去吧,交还那美丽的声音!”

蝴蝶吐出一阵白色的光芒,光芒们像流水一般全部流进了小依的嘴里。小依用手抚摸自己的喉部,兴奋地说:“谢谢您!”

“太好了,小依又可以继续唱歌了。”井叶手舞足蹈地说,“对了,请问你是……”

“嗯……我是大海里的一条紫罗兰鱼。”她说。

“啊……紫印!”小依无意间看见了她两眉中央的那枚紫色的鱼鳞印记。

“怎么啦?”井叶仍然疑惑无比。少女站在那里淡淡地看着他们俩。

“传说中的紫罗兰鱼中,会出现一条带有紫色印记的鱼,她将会是所有鱼儿的首领。”小依说。

“是的,我就是一条带有紫印记的紫罗兰鱼,我们是海底中最美的鱼类。”少女说。

“那你为什么会一个人在这个小林子里呢。”

“说来很遗憾呢。你们想听我的故事?”她问。小依和井叶都不约而同地点了点头。

“紫罗兰鱼在年幼的时候,身形外貌和颜色都是一样的,大家都希望成年之后,会成为万千鱼儿中的幸运者,那就是集万千魔法和领导权于一身的紫印紫罗兰。我儿时的伙伴里,就有一个大男孩,成为紫印之王,被长老赋予无限的魔法,成为我们鱼群的领袖。在他登基那天我成为了他的皇后。”

“接着呢?”井叶迫不及待地问。

“后来,我们族群和水母一族斗法失败,我亲爱的王,最终死在了他自己的内疚里。这个时候大家都没有想到,刚开始发育的我,身上的紫色印记竟显现了出来，我竟然也是一条紫印紫罗兰。在大家的帮助下，我顺理成章地领导了族群，大家都叫我紫印皇后。”

“皇后，那不是很好吗？”小依问。

“我并不想做皇后，纵使一身魔法，也不能够保护大家。我只会一个人在孤独的世界里，弹奏自己的音乐，毫无烦恼的，做一只普通的紫罗兰。”

紫印皇后叹了口气，坐回到了自己钢琴的身边：“也许，是大家察觉出了我的心思，于是，在我熟睡的一天，大家都一一舍我而去，他们大概是去了一个遥远的地方。”

“他们为什么要这样，你不恨他们吗？”井叶厉声问道。

“不恨呢，他们事实上是救了我，因为他们不想用承担来伤害我啊。后来，我就利用自己的魔法，来到了陆地上，构造了一个属于自己的小世界。也有意思的是，自从我那一觉醒来之后，我在之前的许多记忆似乎都被删除了，我怎样都想不起来了。或许是长老这么做的吧，但我相信，这一定是善意的……”

这个时候，井叶低下了头：“其实……我也觉得自己似乎有许多记忆本是存在的，但不知怎么的，老是想不起来，像是被谁给剥夺走了一样……”

井叶的神色之中略带悲伤，紫印皇后安慰他说：“珍惜现在的记忆吧，也许有一天，它们会告诉你，那些属于你的昨天。”

井叶凝视着紫印皇后的脸庞，欢愉地答应了一声：“嗯！”

“总之，今天谢谢你们这两位小客人，给我送来了这么好听的音乐。我没有什么好给你们的，也就只有这个故事了。”紫印皇后说。

“时候不早了，我们先走吧。”井叶说。

“哦……”小依有一些依依不舍，走了几步，她又回头对紫印皇后说，“您一个人在这里，真的没有想过要回到自己的族群吗？”

“没有想过，我不能破坏了大家给我的馈赠呢，而且，他们是不会让我找到他们的。呵呵。”紫印皇后轻松地说道。

“那……请让我留下来陪您吧。”小依坚定地说。

紫印皇后和小依两人互相对视着，目光里交替着无限的情愫。

紫印皇后走上前去，牵起了小依的手。她弹起了钢琴，小依唱起了歌。天籁的歌声，在这一小片童话般的小林子里，如梦似幻地回荡着……

好美的音乐，没有一丝的寂寞……

井叶在歌声的环绕下，回到了家，爷爷喝了秤星的梨花茶，已经躺在了床上，睡了。井叶把收集了的紫印皇后的琴声和小依的歌声的音乐盒悄悄放在了爷爷的枕边。

爷爷的嘴里，依旧念着琉璃街、抹香鲸这几个词。

井叶担心地握着爷爷的手。心想着是不是自己真有一些自己不曾知道的记忆，在困扰着爷爷呢。

还是不想太多，还是让爷爷明天一早醒来，就好好听听紫印皇后和小依的森林之歌吧。井叶心想。

第十章　四篇泪

又是一个圆月之夜，海滩上的那些金色扇贝们像是轻贴在沙砾上的失眠的种子，轻轻张开着双壳，目光里的哀思在夜色当中慢慢地流淌着。寄居蟹这个时候爬出了自己的洞穴，用触角奏起了安眠之曲，不一会儿，便让所有的扇贝们合上了自己的壳儿，海上，又飘来了一阵朦朦胧胧的歌声，音符间，伴有着醉人的玫瑰香——夜，因这歌声与芳香，睡得更熟了。

阳光的裙摆又掀起了一个光鲜迷人的早晨，小岛上的小草魔们，把

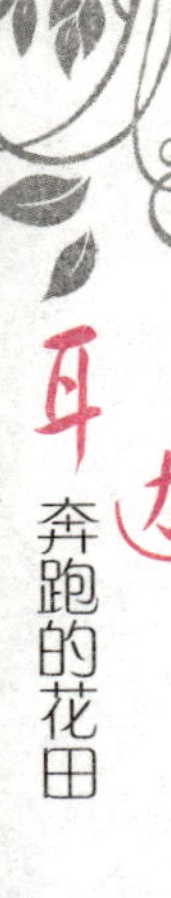

夜的气息吸收干净，小水洼里的蝾螈们，把一夜袭落的月季花花瓣小心地埋进了土里。

井叶来到海边，来看看他前几天在沙滩上种下的海杨桃。

可是，到这井叶却发现，原本他埋下种子的地方却成了一个凹下去的小坑。里面那一颗翡翠色的种子也消失不见了。

“嘿！是不是你干的呀？”井叶问天上飞着的一只小海鸥。

“哇——不是我啊，别把我想得那么坏啊！”小海鸥气急地解释道。

井叶百思不得其解，他望了望眼前一望无垠的大海。海金鱼的尾鳍像是淡色的丝裙一般在海上轻拂，扇动出一阵阵荧光色的浪花，氤氲出梦幻的色泽。井叶叹了口气，再回到家取来最后一颗海杨桃的种子，种到了海滩上，种下去的时候他还默默祈祷了一番。

这天夜里，沐浴海风的扇贝们皆早早地回到了大海深处。奇异的歌声再次缓缓飘来，海上的浪儿也开始变得温柔。

一条银色的人鱼游上了海岸，她双手撑着沙滩，打量了黑漆漆的周遭，再用那串了几只鹦鹉螺的戒指的高贵的手拿掉挂在自己头上的寒冰发钗上的珊瑚草与水藻，当她意外地发现一只小沙虫在自己手上缓缓蠕动的时候，她立马将小沙虫拿起来，随手往张开的嘴巴里一送，满足享受地咀嚼了起来。

银色的小人鱼努力地靠着双手的力量将自己的身子往岸上送，银色的鳞片有着淡淡的光晕，令身旁的黑夜出奇的静美。

“哎呀——累死我啦”。当人鱼把身子移到井叶种下海杨桃种子的位置时，她终于长吁了一口气，接着，她将井叶填好的小沙坑一层层剥开，取出了在黑暗中亮着绿光，翡翠一般的，有着绿葡萄形状的种子。

她十分虔诚地拍了拍上面的小沙粒，再用双唇亲吻了一下，然后，闭上眼睛，将种子轻轻置入口中，用极其慢的节奏咀嚼着这一颗漂亮的种子。

咕哒——咕哒——咕哒——种子被一口一口地咀嚼着。

人鱼终于将种子一口吞咽了下去。“哈——太美味了，真是恩赐呢，希望下次还能吃到这么好吃的种子呀。”她幸福地慨叹道。

人鱼又一步一步将身子挪回了大海，银色的身影顿时无影无踪。

第二天，井叶发现种子再次不见，心里边既装着愤怒又溢满了不安。于是，在这一天的夜里，井叶决定一探究竟，看看这种子到底怎样不翼而飞的。

这天晚上，空中下着毛毛细雨，井叶躲在一棵隐蔽的树下，伺机等待，银色的人鱼果然又出现了，井叶刹那间被银色人鱼身上柔和而又动人的银光给吸引，井叶完全想不到，在海岸边上，竟会出现这般奇异的风景。

银色人鱼正要再次挖开小坑取出种子的时候，井叶忽然跑了过来，他张开四肢，挡在了银色人鱼的前边。

“等一下！原来偷种子的人就是你啊，人鱼小姐。”井叶愤愤地说。

银色人鱼看到忽然出现的井叶，一时被吓得不知所措。“我……不好意思，我还以为这美味的种子是您有意赐予我的呢！”

“海杨桃的种子，只有在海潮一次次的滋养下，才会慢慢长成参天大树，会结出许许多多数不胜数的美味果实。——所以说，这是属于小岛的种子啊——怎么就被你给吃了嘛！”井叶一字一句掷地有声。

银色人鱼听着井叶的话，哗的一声，伤心地大哭了起来，那些豆大的眼泪落在沙滩上，变成圆溜溜的粉黄色珍珠，一颗颗被卷进了大海之中。

“呜呜呜——你别把我想得那么坏啊。”银色人鱼满腔委屈地说，井叶顿了顿，觉得这话好像在哪儿听过。

她越哭越厉害，哭得海浪掀起了好几丈，连井叶自己都有了一种想哭的感觉。

“好了，算了啦，我没有苛责你哦，可现在我一颗种子也没了，岛上

要是开星空宴会，我该拿什么去跟人家分享呢？该哭的人应该是我才对吧，人鱼小姐。”井叶说道。人鱼也不再呼天抢地哭下去了。

“请千万别这么说，我一定会补偿您的。能吃到那么好吃的食物，原本我就应该报答您才对呀！”

“哎——那你怎么弥补咧？”

“放心啦——虽然我暂时还没想好……”人鱼双臂交着叉，陷入了沉思当中。她又说：“身为琉璃街的后代，这种事情你可以绝对的相信我呀！”

“什么？琉璃街？”井叶被这三个字惊得目瞪口呆。

“哦？难道您也知道琉璃街吗？真是太好了。我原以为历经这么多年，大家都把那片神奇的地方忘了呢！”人鱼兴奋地说。

“你是说琉璃街并不是传说，你是从琉璃街那儿来的吗？”井叶显得极其兴奋，连呼吸都十分急促。

“我在那里出生，但是才长到几百岁它就在毫无预兆的一天消失了。我的婆婆常跟我说起跟琉璃街有关的事情。嗯——她告诉我说琉璃街是被守护在那里的抹香鲸给封印了起来，虽然不知道守护神为什么要封印那里，但可以肯定的是，琉璃街绝对没有从这个世界上消失，那里的每一个建筑，每一个生物，都匿藏在一个不为人知的地方，只要有朝一日封印解开，自然都会出现。”

“哦，原来如此。琉璃街的事我爷爷也曾说过，但真不可思议呀，没有想到你也是琉璃街的后代，你身上的银鳞真漂亮呢。”井叶说。

银色人鱼小心上下打量了一番井叶，笑着说：“你叫什么名字？”

“井叶。”

“井叶？嗯——呵，真是个好听的名字呢。你的眼睛蓝得像大海一样噢！”

井叶笑了笑，眨了眨眼睛，眼中的蓝色在夜色中更显得清晰，仿佛要流淌出来了一般。

"真好看。"银色人鱼静静凝视并欣赏着。

"井叶，时间不早了，我得先走了，放心，我一定会密布好我的无心之过的。"银色人鱼点了点头说。

"好了，没关系的。真希望有一天可以去琉璃街看一看。"井叶说。

"一定可以的。"说罢，银色人鱼又游回了大海里，银色的身影渐渐沉进了大海的深处。

第二天井叶一起床，便发现床头边上留有一本羊皮封面的书，上面有许多古老而复杂的魔法符号，井叶打开书后，发现里面有各种生物的图画，但是最后的四页纸确是空白着的，他再仔细查阅了一番，里边掉落出了一张纸，上面的字是用银色的鳞片拼接出来的：

亲爱的井叶：

早安，看到这本书，会不会想起我呢？昨晚的银色小人鱼。

这本书是一本魔法书，它会带你走进一个个奇异的冒险世界，只要你收集到四滴泪，书的内容就会被补充完成。至于在那之后会发生什么事，这个，我也不知道呢，不过根据我婆婆告诉我的来看，这本书可能跟你和琉璃街有关噢！

哦，对了，我跟婆婆说到你了，她说你的眼睛听上去有些像琉璃街的神明的眼睛呢，这本书就是她要我交给你的，哈，她还不让我说呢！

再次为我的过失抱歉了，祝你好运！

奇怪，有人进过我的房间吗？井叶心里正郁闷着，不过他的脸上，还是露出了一丝笑意。可是，小人鱼说的那四滴泪是指什么呢？要在哪里才能够找到这四滴泪水呢？

井叶用手指轻轻抚了抚书的纸页，一种凉凉的感觉开始在他的指缝当中萌芽。顿时，周边变成了一片漆黑，凉意四散蔓延，蓝绿色的水母一个个出现，并开始在黑暗中跳着华美的旋转舞蹈，一切如同梦幻，令井叶难以置信。

"啊——"井叶一声大叫，惊吓竟然出现了一个巨大的旋涡。水母们开始迅速跳动，井叶忽地被卷进了这本魔法书当中。

海风吹开森林，闪着白光的蝴蝶在荔枝花间吮蜜飞行。井叶躺在一片小雏菊的空地上，当他睁开眼睛的时候，仿佛又回到了自己日日生活在其中的可爱小岛。

"没有摔着吧？"一个细小的声音传来，井叶竖起身子一看，是一个身披着银杏长衣的半透明的小男孩。

"没，我没有。请问这是哪里啊？你又是谁啊？"井叶疑惑地问道。

"我是谁你不知道啊，但咱家王子已经恭候您多时了，请随我来。"说着，这个半透明的男孩变出了一把南瓜状的橙色小灯笼，四周顷刻间变得黑暗，一切景象全部消失，只剩下小男孩和井叶。

他们二人在黑暗之中行走着，每走一步，脚下便会泛起一圈又一圈的荧光紫的涟漪，如梦如幻。

"到了。"小男孩忽然停了下来。"我就送到这儿了，还望稍等片刻，我马上通知王子殿下。"话一说完，小男孩的身体就被黑暗一点点吞没不见了。

井叶蹲在原地，一边翻着手里的书，一边用五指轻轻点触着脚下的地面，看地面泛起一圈又一圈的涟漪。

时间一点点过去，井叶听得见时光驾在清风背上欢笑的声音，沙漏的点点流逝，渐渐吻合了他的心跳。

一个身影渐渐从黑暗中闪现，由小变大，当身影来到井叶身边的时候，井叶的呼吸仿佛要停下来了一般。

——这，这不就是我自己吗？

“你……你怎么跟我长得一模一样啊？”井叶问。

“呵，井叶，你也长大了。”那个男孩说。他有着和井叶一样的五官，甚至连那眼睛都一模一样，深邃如海。只不过，他还披着一身黑色长披风。

井叶的声线仿佛被封锁了一般，他一言不发。那个男孩便说：“别紧张，其实我们曾见过，不只是见过，或许还在一起生活过呢！”

“嗯？我听不明白？”

“我叫乔班尼，是大海里的抹香鲸王子，只是我活在过去的时空中，现在我只不过是这本书里的一段记忆。”

“记忆？也就是说，你已经死了吗？”

“可以说——是的吧。”

井叶不再畏惧对方，心里油然生出一种亲切的感觉，轻柔的温暖像是毛茸茸的蒲公英球一般在心头滚动着。他朝乔班尼走近了一些。

“井叶，我等这一天已经很久了，来吧，我回赠给你一些故事。”乔班尼牵起了井叶的手，二人飞了起来，在半空中散起了步。

井叶笑呵呵地享受着行走出的每一步欢愉，看得出他心里十分高兴，而乔班尼只是在一旁默默注视着井叶的神情，保持着淡淡的笑意。

“能说说为什么我们俩长得这么相像吗？”井叶突然问。

“嗯——你猜一猜看啊。”乔班尼笑着说道。

“我就是不知道才问你的嘛！”井叶噘着嘴说。

乔班尼拍了拍井叶的肩膀，井叶看着另外一个自己跟自己靠得这么近，心里有种难言的亲切和暖意，但……那究竟是怎样的一种情愫呢，井叶说不明白，井叶只是十分小心地珍惜着这前所未有的感受。

一幅海底的景象画卷从它们的脚底蔓延开来。井叶觉得自己身临于其境之中，一切都是那样真实。

一只巨大的抹香鲸缓缓游了过来，鲸鱼的身上遍布着颜色古老的螺贝还有深色的海藻，井叶看得十分入神，他心想着，这一定是海神抹香鲸啊。

“它是琉璃街的主宰。”乔班尼说。

井叶还发现，大抹香鲸的身边还随行着两只小抹香鲸，他们在大抹香鲸的巨鳍之下打闹嬉戏，看起来很是快乐，井叶看着他们，脸上也跟着荡漾起浅浅的笑。当大抹香鲸一张开巨大的嘴巴，水流顷刻变得迅疾起来，无数的鱼虾由水流冲过来，小鲸鱼们也跟着张开嘴巴，将小鱼小虾吸入肚子里。

忽然，海洋里出现了一阵剧烈的震动，雷声阵阵，画面一时间变得极其模糊，不知是逃离是厮杀，还是争斗，画面中竟然流淌出一派可怖的颜色。紧随而来的，是一片混沌，所有的鲸都不见了，此刻，画面戛然而止。

“那……那两只小抹香鲸就这样游散了？”井叶问。

“是的。”

“你是其中的一只吗？”

“嗯。”

乔班尼微笑地摇了摇头，井叶露出了一丝悲哀的神色，乔班尼又接着说：“不过，他现在过得很好。”

“但愿如此吧。”井叶说：“那，乔班尼，你现在过得好吗？”

“除了孤独些外，和以前没什么分别呢，以前在大海里的很多朋友，现在都在我的身边陪着我。”

井叶忽然想起了刚刚那个半透明的男孩，他以前一定是个美丽的水母。井叶觉得心里边有些酸酸的。

“井叶，我想你一定没有尝到过真正不快乐的滋味吧，就算有，也许你也根本不记得了，或是忘了吧。”

“或许吧。”

乔班尼抖了抖自己长长的黑色披风，说："好想回到那些美好的年月里，在长长的海岸线上默默游淌，默默注视椰子树的摇摆，在深海里睡个甜甜的午觉，捕捉光的影子，透过珊瑚的张张合合，看白云的变幻……"

"王子殿下，时间不多了，魔法书马上就要翻到下一页了。"半透明的那个小男孩突然出现并且说道。

"看样子，是我该走了。"井叶说。

"不，等等，请把那本魔法书给我。"乔班尼打开书，一颗水蓝色的泪水顺着他的下睫毛落到了书上，书上空白的一页，瞬间被那泪水给补白，一颗泪水栩栩如生地在纸上闪动起来。

"谢谢你，乔班尼。"井叶说。

"小时候打打闹闹应该在身上留下了不少痕迹吧，不要怪我噢。"乔班尼笑着说。

"乔……"井叶的眼里也盈满了泪水，他似乎明白了很多那些在他看来从未发生过的故事。

"再见了井叶，其实我们从未分开过，我只是在与你遥遥相对的另外一个世界里，替你吞噬孤独。"

井叶向乔班尼挥了挥手，他四周的黑暗带着他一同快速地移动，井叶像是在做一场梦一般地穿梭在繁杂的色彩之中……

移动逐渐缓了下来，这一页书把井叶翻到了一片海洋中，井叶的脚下是一片柔软嫩绿的珊瑚草，他踮起脚尖，发现时至黄昏，天上那些个沉甸甸的火烧云把深红深红的色彩投置于海中，无数的海玫瑰肆意盛放，形成一片壮丽的玫瑰花田。

一个穿着白绿蓝色格子小丑裙的小女孩在玫瑰花田里欢快地荡着秋千，并对井叶说："老朋友，好久不见哟。"

"是说我吗？"井叶指了指自己。

"是是是，快过来吧！"井叶走了过去，女孩子又变出了一座秋千，

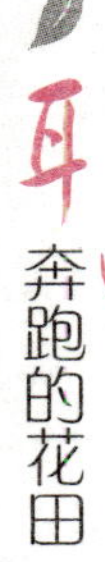

她叫井叶陪她一块儿荡。

“我叫瑞贝那拉。”女孩回答说。

“呵呵，好有意思的名字。”井叶说。井叶仔细观察了一下对方，看见她的裙子上有蓝色的荧光粉，于是便问道：“你是蓝鲸？”

“嗯。”瑞贝那拉说，“不过，现在跟你说话的我，只是一个叫作记忆的东西，我的真身，应该被封存在一个千里冰封、无声无息的世界当中。”

“为什么呢？”

“没有理解，没有温暖，没有朋友。”瑞贝那拉轻描淡写地说着，然后又用无名指勾勒出一个小小的虚幻画境，里边显现出的是一个被黑藻覆盖着的，身躯苍白的鲸鲨男孩，瑞贝那拉说：“我就和他一样。”

“他是？”

“我儿时的小玩伴，被同族人抛弃，死于那场盛大而孤独的罹难。”

“我是一只离经叛道的坏蓝鲸。”瑞贝那拉接着说，并轻轻荡着秋千，她的影子一跃一跃的，把地上的柔黄色的光线条儿一道一道切割，海底的水流浮动玫瑰，花香融在海水里，沁入心田。

“我想获得至高无上的法力，成为像抹香鲸之神那样的伟大神明。于是，我穷尽自己哪怕是点滴的天赋，学习高深的魔法，呵，可是又有谁相信过我，懂过我呢？我得到的回报就是亲人赐予的无尽冷漠罢了。我到现在都记着呢，囚禁我的深海冰川，让我冷到晕倒。”瑞贝那拉的语调冰岛零度以下了。

井叶停下了秋千，想说些什么但又不能。

“但，有一天，一只可爱的小抹香鲸隔着厚厚的冰层告诉我，在他心目中，我是至高无上的蓝鲸女巫。”瑞贝那拉的语气之中又有了些许动容的意味。

“我好想他呀。”瑞贝那拉说。

“那他后来怎样了？”井叶问道。

“后来……他成为我唯一的最忠实的朋友，他每天陪我看星座的移动，给我讲大海里最好听的故事。”她说着说着从秋千上跳了下来，对井叶露出那种带着久远的记忆意味的笑容。

“真好。”井叶低着头说，脸上微微的笑容在海水中显得非常明媚。

“那种温馨的感动一直持续到我的身体真正归于安谧的那一刻，小抹香鲸跟我讲的最后一句话是‘就像寂寞陪着你一样，我会永远在你身边’。”

玫瑰花海在寂静当中盛放得更加欢欣，火烧云的光静静泻在每一个角落，护士鲨群驶过花田，优美的弧形身姿为这里的风景更平添了些许意蕴。

“那……你是否知道，那只抹香鲸现在在哪里啊？”井叶问。

瑞贝那拉笑了笑，眼睛里有些看不见的液体融化在海水中，她凑在井叶耳边小声说了句：“他——近在咫尺呐！”

她的话音刚落，玫瑰花田里就涌出万丈泡沫，黄昏、花田、秋千还有瑞贝那拉，顷刻间消失不见，看不见的旋涡把井叶又卷进了一片混沌当中。但井叶知道，自己手里的魔法书，已经多了一页眼泪了。他在心里反复默念着：“瑞贝那拉，再见，再见……”

这里是魔法书把井叶带到的第三站，井叶不知道又会有什么样的事或人出现。他紧紧捧着手里的魔法书，书持续不断地散发出五彩斑斓的光。

眼前的风景一片迷幻，万千色彩的光在这里纷纷迷散，井叶可以看到这里的时间巨轴在快速转动，风一样的精灵疾速奔跑，划下一道又一道色彩缤纷的光痕。

“时间的计算方式和外面不一样，看来不能够慢慢来了。”一个声音在说。

井叶寻不到发出声音的究竟是什么人，但此时此刻，星形的雪花开

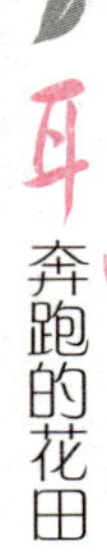

始落了起来，井叶觉得身子开始有些冷了起来。

“乖，吃了这一叠坚果吧。”一个蒙着灰色面纱的青年走了过来。

井叶没有多问，从蒙面人递过来的一碟子坚果里抓出几把送到了嘴里。

“虽然味道不是很好，可这个时候吃了，还真的让自己很温暖呢。”井叶笑着说。

“是吗？那可是毒哦！”蒙面人淡淡地说。

“什么，刚刚的坚果是有毒的？你为什么要这么做？对，我知道了——你是毒鲉，对不对？”井叶大声说道。

“我知道你看得出我的原形来，但想必关于我的事情你应该不记得了吧。”蒙面人取下面纱，露出一副俊朗的脸庞：“放心，那些毒果不会令你死亡，毕竟这里的一切都是记忆呀。”

“你是不是想告诉我你的故事？”井叶问。

“时间的变化越来越快，时间不多了。”他自言自语道。

对方又接着讲：“只是一个战败者，一个刚愎自用的年轻海毒巫。我斗不过抹香鲸之神，征服不了梦中的琉璃街。用不着神来惩罚，我自己首先就不宽恕自己，于是就这样一直活在自己所制的诅咒里。”

井叶说：“反反复复，永无休止的痛苦，是不是？”

“嗯。”毒鲉点了点头。

“是啊，无论你拥有多伟大的巫术，无论你驾驭了多大的领土，不曾与温情相依，不曾歌唱美好的善意，你终究一无所有。”

井叶的心被毒鲉的话微微震颤到了。

毒鲉露出了一丝似曾相识的笑：“尽管我曾尝试毒害你，可是，没有那一次机会，你就不会用那一句话去温暖禁锢了一颗心的冰冷诅咒。”

他们站在原处，相互对视着，雪花纷纷扬扬地下，没有冷却他们的目光。

第三滴泪落下来了，魔法书空白的一页，又有了新一篇泪的故事了。

时间的转动之声轰轰巨响，穿透了过去的记忆。

是什么，拉起了记忆的时候，让一切重现得如花般美丽呢？

好欢欣，好忧愁……

时光不停歇呀……

井叶又被卷入了一片天旋地转当中。只要找到最后一滴泪。书就补全了，希望会有美妙的奇迹发生，井叶默想着。

眩晕的感觉逐渐消失，井叶的脚触到了地上，这一次，井叶回到了家里。

井叶已经预知到，那眼含着第四滴泪的人了。

第十一章　重现琉璃街

井叶拿着魔法书，来到了爷爷的床前，井叶不知道自己这一走花了多长的时间。爷爷果然已经身体不支，秤星的梨花汤已经不能够帮爷爷继续走下去了。

井叶的眼里噙满了泪水。

“爷爷，您没事吧，我回来了！”

“噢，回来就好。这几天都去哪里了呀？”爷爷用苍老微弱的声音问道。

“嗯——”井叶不语。

“呵呵呵，爷爷可是知道的呢。”爷爷笑着说。

“爷爷……”

“孩子，昨天有一个小死神来找过我呢，那小家伙连勾魂的手杖都没带，一丁点都没为难我呐！他还读着我的诗给我听，他说他一直以来就很喜欢呢！他还担心我睡不着，还给我讲了你的事。”

爷爷用手抚摸着井叶的头，轻声叹了口气。

“小死神说他会给自己找一个合适的理由，让死神长老们不怪罪他的失职，看吧，一个死神怎么能这么不懂规矩？爷爷我总不能让他太难过吧，所以呀，待会我就自己去找他喽。”

“可是，井叶我……”井叶抽泣着说。

“别难过，井叶，爷爷趁这下还有时间把最后一个故事讲给你听吧。”

就这样，井叶安静地靠在爷爷的枕边，听爷爷讲起了故事。井叶很用心地听着，他仿佛看到了十多年前无数年轻人踏上寻找琉璃街之路的情形，听到了大抹香鲸在海底摄人心魂的哀鸣，他看见了渔船上的人们齐心合力抓捕大抹香鲸，后来却无果而终，被那巨大的海浪给卷走了，然后，一个年轻的渔夫幸运地上了一座小岛，他意外地发现了一个孩子……

“我一直相信是那条抹香鲸救了我，我才没有葬身大海，只是，我没有脸面再去面对大海了。所有的感情，都只能活在我的小诗里。”爷爷说。

“那……您抱起的那个孩子……”

“是你啊。”

井叶注视着爷爷，爷爷安静地看着井叶，他说：“爷爷一直跟你讲琉璃街的故事，就是预料到了今天，井叶，拿走这最后一滴泪，寻回你的世界吧。”

爷爷缓缓闭上了眼睛，一滴泪带着忏悔流了下来，魔法书受到第四滴泪水的感应，将这泪收集了下来。

井叶拿起爷爷的手，亲吻了一下。

魔法书的四篇泪全部收集完成，魔法书便瞬间幻化为一个巨大的隧道，如星空一般的颜色在隧道口闪闪烁烁。井叶向爷爷做了最后的告别之后，踏入了隧道之中。

长长的隧道，打开了一个全新的世界，井叶心里有种种跃动着的不安。

隧道将井叶带到了深海当中，这里遍布蓝色的礁石，除了紧贴在礁石上的那些银色的小海星，没有可以看得见的生物。

井叶觉得自己仿佛行走在深海的星空之上。

井叶一人徘徊在这里，无声无息。

就在这个时候，上次那条给井叶魔法书的银色人鱼出现了。

“井叶！”银色小人鱼边游边呼：“我就知道你一定可以的！”

“嗯！你怎么也在这儿呀？”

“井叶，你真的打开了琉璃隧道啊。看来奶奶的感觉真没有错，你真的是琉璃街的神明！”

井叶说：“谢谢你，这一切都是你的功劳！”

“走，我带你去一个地方。”银色人鱼激动地说。

“去哪儿？”井叶问。

“来了你就知道了，走吧！”她牵起井叶的手，一同游了起来。

井叶和银色人鱼掠过无数片礁石，这里四处都是银光闪闪的小海星，一片片如水的星光，宛若潮汐般，美得令人窒息，空旷而又寂寥。

“到了，井叶。”银色小人鱼说。

井叶看见不远处有一个女孩的背影，她的腰下是一片橙黄色的巨大柔软的裙子，看上去她应是一只玛瑙水母仙子。

银色小人鱼带着井叶游了过去，并对他说：“井叶，这就是我的婆婆。”

她渐渐回过头来，看着井叶，看着他的双目，说：“看来就是你了，孩子。”

井叶凝视着她那美丽的脸庞，眉宇间有一种淡淡的疑惑。

“我是玛瑙水母仙子，五十年前，我还小，但我已见证了那场巨大的

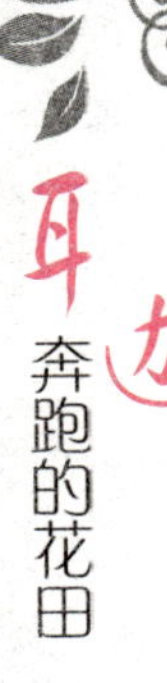

灾难，刻骨铭心，永远不忘。”

“那您……应该知道了我的事吧。”井叶问。

“是，井叶，你就是抹香鲸的孩子。这一次你进入了你母亲留下的魔法书中，里面全都是你曾经最重要的人，哥哥乔班尼，最好的朋友瑞贝那拉，还有敌人毒鲉。”

“难道是我母亲封印了我对大海的记忆？”井叶问。

“是，但后来，一只小食梦兽吞噬掉了你的这段记忆，所以这一些记忆才不至于在隐约之中重现在你的脑海里，让你痛苦。”她说。

“为什么……为什么我没有在书里见到我的妈妈呢？”井叶问。

“她在那一场混乱中，失去了自己的孩子，死后忘记把自己的灵魂与记忆注入书中了……不过，我们现在身处的这一片礁石群，就是由你母亲的身体变化形成的。”

井叶低下头，他冥冥之中开始感觉到一股召唤的力量。

“抹香鲸神以自己的力量封印了琉璃街，她希望那里永世安宁，不过，井叶，现在是你来解除这封印的时候了！”玛瑙水母仙子说。

“可……可是。”

“怎么了？”

“琉璃街一出现，那岂不意味我会告别自己的这座小岛，告别那里所有的朋友，还有记忆？”

“不错。”

“不……我不要这样子，与其回到自己的故乡，我宁可永远留在小岛上。”

“井叶，要长大，就得跟从自己的内心走，你可以自己做抉择。”玛瑙水母仙子说。

井叶左右为难了，他不想舍弃自己成长的小岛，但也不想让琉璃街永远被封印在传说之中。

“井叶，快做决定吧，一切都会在你一念之间。”银色小人鱼说。

“好吧，请告诉我，我会怎样恢复原形，回到琉璃街？”井叶做出了最后的决定。

“嗯，好的，井叶。这意味着我生命的使命也该要终结了。”

“您……您是说？”

“我会以我毕生法力助你恢复原貌的。”

银色小人鱼哭着问：“婆婆，是要用您一生的法力吗？”

“不用担心，我的生命与琉璃街同在。”

“井叶，准备好了吗？”她问。

“嗯！”井叶下定了决心。

玛瑙水母现在张开自己的双臂，水母裙翻滚着，像是层层的浪花一般，疾速上升，她幻化为了一阵斑斓的风暴，将井叶卷进了其中。

…………

不知道会发生什么事情，银色小人鱼在旁边默默祈祷，风暴不息旋转，海底的星星们闪烁异常。

等待——漫长无止境。

终于，一头年轻抹香鲸的鸣叫声在海底回荡开来。

所有的封印，伴随着这声鲸鸣解除了。

顿时，井叶日日生活的那座小岛，一点一点被带着希望的海水淹没。沉入海底的部分，开始一点一点变为五光十色的琉璃，树木森林皆变为了美轮美奂的琉璃建筑，那一些小仙兽小仙灵，一个个在蔚蓝色的洗礼下，恢复成为一个海洋生灵的本真面目。

无数的海洋生物复苏了，他们在琉璃街中自由畅行，水流卷起欢乐的海风，快乐，不曾中断般上演了。

琉璃街，就这样安然重生，井叶不承想到，自己梦寐以求的传说中的琉璃街，竟然是自己日日生活在其中的美丽小岛。

没有分离，没有眼泪。只有更美好的新生……

一条琉璃街，又在大海深处的深处重现，没有什么再能打断这里美好的故事了。因为，一只年轻的抹香鲸，开始永远守护起这里……

苍耳少女

一

林间的第一缕阳光射在了北山的那一片藻湖里。这一片深山的湖，没有一条看得见的鱼虾，那一些透明的浮游生物，借着这水里的大块大块绿的油亮的水藻儿，快活的栖息着。它们奔腾，它们舞蹈，它们日日歌唱，夜夜狂欢。而且它们还丝毫不觉得自己的那些快乐的声音，可能不经意之间，就被微风蹭起的一丝波纹给湮没。

藻湖里的水是非常滋养的，这里的每一滴水，都是由每一场雨水借着无数的树叶尖一滴一滴，汇集而成的。每一次大雨过后，藻湖里的水便会涨上来许多，绿藻们伸长它们幽寂的歌调，湖边上的嫩翠的小草也会一同扛起整片的绿意。每每到这个时候，总会有那么几只食草动物闻到这萌芽的清香，然后踏着悠闲的蹄子，来到这里，享受起这绿色的美味。

今天，是一个晴朗的日子。除了茸茸的光照让这里多增添了几分明朗之外，好像，什么动静也没有。

终于，熟悉的蹄声渐渐响了起来。林中的大古树的树纹似乎变成了干枯但却敏锐的耳朵，让那蹄声越来越明晰，还有穿过树丛的窸窸窣窣的各种声音，也越来越近了。湖水、绿藻、阳光、草地仿佛都更加静谧，每一丝空气也开始变得神圣。它们好像不约而同地在用这种无言的典礼，欢迎即将到来的这个神秘的客人。

蹄声止住了，几片带着灵性的光晕从墨绿色的树叶间散发开。一只白色的犄角鹿从灌木丛里走了出来，它正视着眼前的藻湖，在一小块薄薄的绿苔上，挺拔地立着。粗壮耸立的鹿角下，那高贵的头颅在俯仰之间透出无比雅致的气息，整齐的白毛，滑腻而又光亮，像是羊脂玉一般漂亮。它的气场感染着四周的生灵，那种感觉，会让人觉得它定是一个鹿中的王者。

犄角鹿那双深邃的目光，宛若是深不可测的湖水。那湖水，不是灰色，也不是绿色。而是最令人捉摸不透的水色。犄角鹿从从容容地向湖边走去，它行走的姿态坚实而又矫健，当它走到了阳光下的时候，它的眼睛就像是被阳光点亮的湖水一样，有一种荡漾的感觉，微微漾动之时，那水的颜色竟然显得有些忧郁了，仿佛要流出来了一样……

犄角鹿仰起它那美丽高贵的头颅，仰望着上空——那被青色的枝条分割成一条一条的蓝天。这天空，蓝得那样的分明动人，犄角鹿那双忧郁深邃的目光好像有一种被感动的意味。接着，它又微微发出了一声叹息，依旧是以那么缓缓的、从容的姿态低下头去，吃起绿藻湖旁边的草儿。

水蜈蚣、蓝天牛、青苹果色的金龟子还有硕大的独角仙，这些稀奇古怪的爬虫也纷纷开始出来活动。

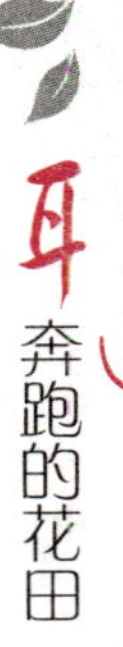

绿藻湖的湖边有一个被树根缠绕包围的小洞，从那里面，飞出了一大批深红色的六翅蜻蜓。它们是这里最古老的虫类，亦是这一小块地方的长老。六片荧光色的翅膀，遍体通红，在这美丽的外表之下其实藏着巨大的毒性。一只六翅蜻蜓尾巴上的毒刺可以轻而易举的致一头成年长毛象于死地。因而这美丽的地方从不曾有过狂傲野兽的肆虐。

然而这些蜻蜓，却并非是完全的毒虫，尽管很多动物见到它们都逃之不及，唯恐落入红色的恐怖里。它们只是不喜欢破坏与喧嚣。温柔、美好并且明亮的事物恰恰可以令他们心旷神怡。

犄角鹿察觉到了六翅蜻蜓群的气息，它安详地抬起头，一如初来时那样挺拔在立着。阳光从侧面照亮了它的白毛。蜻蜓们从水面上飞来，兴奋得像是初醒的精灵，一个个都用尾尖在水面上点泛起无数个圈圈的涟漪。它们好像都注意到了停在对岸湖边的那一头雪白的犄角鹿，于是，六翅蜻蜓们一齐向着犄角鹿的方向飞去。

犄角鹿依旧伫立在原地，它的眼睛，好像被六翅蜻蜓的火红之色点燃了。随着无数个被泛起的涟漪向它的身边蔓延过来，六翅蜻蜓也渐渐簇拥过来。犄角鹿的目光变得柔和，那些蜻蜓们，像是在试探这一只动物，不停的并且是小心地用小小的嘴唇靠近着犄角鹿。渐渐的，这样一幅画面变得和谐起来。六翅蜻蜓们开始雀跃，它们绕着犄角鹿飞舞，荧光色的翅膀上，洒下来无数的金色的光粉，宛若是阳光研磨成的尘埃。犄角鹿微微仰起头，陶醉地看着六翅蜻蜓们的舞蹈……

二

南山的山脚下，溪儿的流水潺潺，溪水的上方，炊烟升腾。淡淡的油烟味笼罩着山脚下的这些土砖房子。夜幕即将到来，人们共享晚餐，他们将会度过一个美好的夜晚。

在一块被田地包围的小地方，一幢矮小的土砖房子，里面的灯光柔和地照射出来。祖母和孙女正在里面谈论着一些奇奇怪怪的事情。

孙女双腿跪在祖母的那张老红木床上，靠在祖母的身边。她凝视着，长久地观察着祖母的手臂，对已经老朽的皮肤上面的那些细小、零落的鲜红的小红痣发出点点的轻微的感叹："真好看呐，奶奶。"

"那是血管破裂呢。"祖母似乎察觉出了孙女的观察，平和而又点小小的不以为然地说着，然后接着忙着织着一件黑长衣上的一只天蓝色的飞鸟图案。她的神情，甚至显得有些哀怨。

厨房里，水煮沸的声音传了出来。"啊呀，水开了哈。小瓷，快去吧。"老人唤道。

那个名叫瓷的少女赶忙起身，跑到厨房里，将水壶端起。将事先准备好的放了晒干的茴香的杯子拿了出来，非常小心的，把热腾腾的开水冲到杯子里。茴香的香气，很快被开水的味道传散开来。

瓷把泡好的茴香茶端到祖母面前，老人把头抬了起来，用那双早已经失去了光泽的瞳仁，注视着水杯里冒出来的，像是微雪尘埃一般的水蒸气。她那仿佛干瘪了一般的鼻子，努力地用其嗅觉来感受香气的颜色，她试着吸了几口茴香茶的香气，便充分地感到前所未有的舒适，仿佛看到自己家后院的那大片大片开着绿色的茴香。

瓷把茴香茶放到祖母的手里。老人暂停了自己手中的工作，她用手不停地抚摸着杯壁，极其珍惜着每一丝温暖。许久之后，她端起了茶杯，呼呼地吹了几口气，那如同微雪尘埃一般的水蒸气随之散去，老人张开薄薄的嘴唇，轻轻啜下一口茶水，双眼微闭，一瞬之间，好像沉醉在了一片湿热、蓬勃的风景里，等那杯子里的最后一滴茶水也被饮下的时候，她才逐渐归于了平静。

"要再来一点蜂蜜和绿茶吗？还有山楂和栗子。"

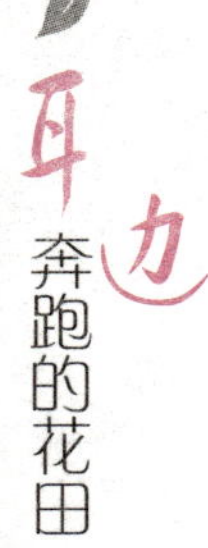

“不用了，瓷，在这坐着吧。”祖母边说着，边拿起刚放下不久的那一件衣服小心地织了起来。

茴香茶的气息久久萦绕，二人好像没有什么话可说，气氛变得沉寂了起来。瓷的祖母从早到晚，始终拿着那件黑色的大衣不放，她不曾多说过一句话，好像全心全意的把精力投入到了那一只蓝色飞鸟的图案上。

瓷静静地坐在床头上，渐渐有了睡意，然后慢慢地倒了下来，微微地闭上了眼睛，睡了。

睡意缭绕，夜色的气息袭来，疲惫的气息越来越浓重了。

第二天，瓷醒了过来，可是她却发现自己已经睡到了自己的床上。被子轻轻地盖在自己的身上，温暖而又舒适。

吱呀的一声，房间的门开了，瓷的祖母走了进来，想必她昨晚一定一夜未眠。祖母的那双眼睛里，没有一根红血丝，完全是密布的阴暗。

“嗯，织好了。”她淡淡地说。

瓷正想要祖母把织好的飞鸟图拿出来看看。祖母却在那一刻主动递出了编织好的飞鸟图。她问道：“瓷，你知道我为什么要织这一件飞鸟图吗？”

瓷摇了摇头。“难道是跟村里的人上山的事情有关吗？”瓷接着问了一句。

祖母点点头：“是的，村里的人将此事酝酿了很久。他们大概最近要上山了吧，村里的每家妇人，几乎都会织出一件飞鸟图，他们大概是听信了飞鸟的图案可以令六翅蜻蜓感到恐惧的传说吧。”

“六翅蜻蜓？啊，奶奶，难道是……”

“没错。六翅蜻蜓，是剧毒之物。它们常以毒蝎和毒蛇为食，以增强自己的毒性，动物或是人类被它们的翅膀划伤，都会导致麻痹和死亡。但是，村里的人翻看了祖先留下来的药谱，六翅蜻蜓，正因为集聚了百毒之毒，所以，若将其作为药引入药，便可以攻克顽疾。”

“就因为这样，大伙就企图去抓这种危险的昆虫吗？”

“没错，山田他祖母的腿病越来越严重了，山田那孩子每天都得把晒干的艾叶还有菖蒲磨成细腻的粉末敷在他在祖母的腿上掩盖腐臭的味道。不过……也不知道是谁跟山田讲了和六翅蜻蜓有关的事情，那傻孩子跪在人家的门前，哀求着大伙帮他找六翅蜻蜓。”

“山田？是他？”瓷的脑海里忽然浮现出了山田的模样，那是一个和瓷一般大的少年，出奇的孤僻。

“瓷，六翅蜻蜓不是昆虫，他们是悲伤、痛苦还有忧郁的聚集产物。它们本身就是被诅咒的，”祖母把飞鸟图捧在手里，望着图说：“古老的传说中，曾经有过这样的记载：当罪恶使得六翅蜻蜓怒不可遏之时，整片山林都会陷入巨大的不安之中，红色的瞳仁被黑暗刺穿，空气之中洞穿着怒气。生灵们的脚下如同遍布荆棘，喧闹而又痛苦。此时此刻，神圣的神，将会降临在嫩绿的原野，化解诅咒以及哀怨。”

瓷凝视着祖母的眼睛，那其中仿佛有种亘古的阴暗，挥之不去。

瓷正走出家门，想到溪水边走走，正巧看见山田从灌木丛中跳跃出来，他站定之后，用手将粘在头发上的杂草和树叶拂开。瓷小心地关照着眼前这个高大的少年，凝伫不前。

山田似乎觉察到了那带有一定窥探意味的目光，两双眼睛顿时朝瓷射出愤怒而锐利的光芒。瓷往后退了两小步，心脏开始不安地跳动。而山田也没有再过多地留意瓷，左手提着装满了艾叶和菖蒲的药包，扬长而去。

瓷还是有意地观察了下山田，不过那个少年离开的速度太快，瓷的脑海里只有他那线条温和的侧脸，以及被风吹起来的黑色的发丝。

明明是一个很好的人嘛。瓷心里想。她用手捂着胸口，有关那个少年的回忆，从心里涌动出来。

三

七年前，瓷和山田都不过是八九岁的孩子。那时候的瓷，大多时候都和其他女孩子一同，在镇里那片奇异的花田当中玩耍。每当大家的笑声在花田的上空久久回荡，如同浪潮一般不肯退却的时候，山田却总会坐在花田旁边的那颗巨大的岩石上，嘴里衔着青绿色的狗尾巴草，眺望着远处的村庄，不说一句话，似乎十分乐于被笑声背后的孤寂所环绕。

“这个送给你。”当瓷将一朵新盛开的波斯菊递到山田面前的时候，他嘴里的狗尾巴草落在了地上，他用乌黑的瞳子呆呆地望着瓷的笑脸，接着侧对着瓷，接受了她的见面礼。

这个冷淡的少年没有说一声谢谢，但是他接受了自己的礼物，证明他并不排斥外界的一切。瓷这样认为。同时，在他接受波斯菊的那一刻起，山田漂亮的侧脸就已经深深留在了瓷的脑海里。

那一次之后，山田开始试着和瓷说话，尽管他的每一句话都不会超过十个字，而且声音很小，语速很快，却已让瓷觉得非常珍贵。当他们渐渐长大后，山田的话便多了起来，他还会时常坐在小溪边上，和瓷聊自己的昨天，聊自己的快乐，聊自己的忧愁，聊自己的迷惘。

“山田，你觉得谁是你最重要的人呢？”瓷问道。

“奶奶。”山田回答：“要是哪一天能够找到什么药治好奶奶的腿病就好了，她现在下床走路都快不行了。”

“放心，你奶奶的病一定会好起来的。一定！”

“瓷，你有没有听说过鹿神？”

瓷说：“嗯，当然。就在北山那边，据说山顶有一个巨大的池子，鹿神就栖息在那里呢。如果有人遇见他，肯定会享受到八辈子都逢不着的好运！”

山田微微地笑了笑，拾起一块小石子，扔到溪水当中。

“山田，你是想去那里的山区找鹿神吗？”瓷问。

“不，这只是传说而已。同样在那一片山区的，还有带有剧毒的六翅蜻蜓，我想，谁都不会愿意带我去的吧。”山田说完之后，叹了口气。

太阳从山头缓缓地沉下去，二人都沉默了下来，夕阳的余晖静静洒落在他们的周身，溪流中粼粼的波光，好似在昭示着命运的无奈。

那一次的对话结束之后，瓷有很长时间没有见到山田。有一次终于在小溪边碰到了他。却只见他捂着发红的双眼，狼狈地跑开。大人们告诉瓷，山田奶奶的病已经恶化，存亡只在旦夕了。

痛苦，一旦无法被分担，就会变得比痛苦本身还要痛苦。

瓷有一种说不出的感觉。

四

终于，到了人们捕捉六翅蜻蜓的日子了。临行前，镇上那个打扮土气、满口黄牙的神婆开坛祭天，镇上的人毕恭毕敬地把祭坛给布置好，那神婆一脚登上祭坛，啃了一只猪蹄子，随即一杯白干入喉，咕噜咕噜几声，往黄色的符咒上一喷，符咒上霎时燃起艳红色的火，引得围观的小孩不禁暗暗揪心。

神婆抠了抠牙，尖声喝道：“出行——愿神庇佑你们。”

于是，镇长、山田还有镇里的十多个男人披上了带有飞鸟图案的衣服，并人手各携带一支捕杀六翅蜻蜓的武器——涂满羊血的特制利箭，顺着通往北山的大道出发了。

出发的时候正值清晨，到正午时分，一行人仍旧在北山的山区里边来回行进，摸不着方向。

“再这样下去，不知道什么时候才能够找得到六翅蜻蜓啊！”其中一个男人开始抱怨了，他早已汗流浃背，说话时免不了扯动着外衣扇来点新鲜的凉风。

“镇长，咱们休息一下吧，那里有一条山涧，正好给咱解渴。”另一个男人提议道。

镇长是一个年过五旬的老头，弯腰驼背，生着一双三角眼，他的头顶早已秃得差不多，那一滴滴的汗把他的头洗得格外亮泽。然而，当他听到这一些话的时候，那双被耷拉着的眼皮盖住的三角眼，顷刻之间瞪得极大，一根一根红血丝也突兀得现出来，他厉声对那几个人喝道：“干什么干什么！走这么点路就不耐烦了，不是我霸蛮，要是你们再不继续走，只怕就别……咳，就别想抓到六翅蜻蜓，去治好山田他奶奶的腿病了。”

镇长说这一句话的时候，朝正在一旁的山田望了一眼。他对他说：“别信那几个家伙的，咱们继续走哈，继续走。”

山田摇了摇脑袋，对镇长说：“镇长，大家看样子都很累了。再这样下去，只怕大伙会撑不到傍晚，喝几口水吧，不打紧的。”

“呃……那好吧。”镇长勉强答应了。众人于是朝那一股山涧旁走去，十几个人都迫不及待地围了上去，大口大口喝着山涧里的水。

“哇哈，太好喝了，简直比蜜还甜啊！”一个年轻人刚把头从水里抬起来，就忍不住发出这样的感慨。

“切，我看你是太渴了，神经质了吧，孩子。”镇长不屑地说。

“不，是真的，这里的水初次喝下去，就跟喝冰水没什么差别，可是一旦在最终流动那么一下，就有了甜味了。”另外一个人补充说，其他人也纷纷赞同道。

于是镇长用自己的手舀了一些水喝下去。果不其然，这里的水的确异常甘甜。他捋了捋自己的胡须，心想这其中必有玄机。是的，这一定和六翅蜻蜓所在的藻池有什么关系。他心思一动，忍不住拍手惊叫。

"大家开工，沿着山涧的方向，出发！"

大家沿着山涧水流过来的方向进发，只觉得空气变得越来越稀薄，温度也随之降低了许多，如果一不小心深呼吸了一次，会感觉口里含进了一块坚硬的寒冰。脚下的苔藓和蕨类也极其浓密，无数的菌类开出五彩斑斓的花朵，引得昆虫们争相汲取其中的花粉。各处的景象无一不令人毛骨悚然。山田的心里有一种淡淡的不安，他不知道前方究竟是不是通往预设的终点，而那位一直走在前边的镇长，则紧紧地握着拳头，似乎早已信心十足。

大概就在这样的环境中走了十多分钟，镇长忽然停下了脚步。前方冒出轻轻的白雾，撩动着地上的花草和人们的头发。

"到了。"镇长轻声地说着。镇里的人都感到诧异无比，傻呆呆地站在镇长的身后，等待着他发号施令，山田往前走一步，极目远视了一番，他简直无法相信，在这样一片幽深寂静的山林当中，竟然会有一片如此大的湖。

在镇长的带领下，大家小心翼翼地走到了湖水的旁边。雾霭渐渐散去，大家看见了清澈的湖水，那一些水藻，仿佛是光影交织成的风景，在水下婀娜地展现着各种姿态，令人难以置信。

"嘿，你过来。"趁着大家都被藻湖给吸引住了，镇长把一个缠着黑色头巾的镇民叫到一边来，跟他窃窃私语起来。

"成败就看你的了，那群家伙把我们安全陪送到这已经没有用处了，待会我会用事先准备好的毒蛇诱饵把六翅蜻蜓给引出来，等那一群蠢货忙着抓六翅蜻蜓，死伤差不多的时候，我们就在一边等，哼哼，白鹿神一定会出现的！"镇长说。

黑头巾男子附和着笑了几声，说："镇长，那只鹿神真的会出现吗？不过，那好歹是神啊，虽然也是畜生，我们……"

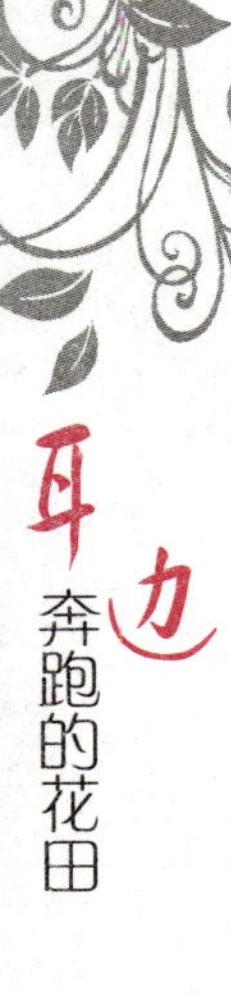

“笨蛋瓜子！”镇长狠狠地拍了一下对方的头：“到了这个时候，已经没有退路了，你还想给俺当缩头乌龟不成嘛！我告诉你，老子想要等到的，没有什么不成的。我在镇上传下来的古籍里边找到过依据，当六翅蜻蜓怒不可遏的时候，白鹿神一定会出现，并平息一切干戈，到那个时候，你只要发挥你神弩手的功夫，用沾满了污秽之血的利箭，刺穿它的心脏，到时候，它一定必死无疑啦！啊哈哈哈……”镇长歇斯底里地笑着。

“啊，镇长，”黑色头巾男子瑟瑟发抖地说：“原来那些沾满了羊血的箭根本就不是用来对付六翅蜻蜓的啊。”

“那当然，那只不过是一个幌子罢了。”镇长淡淡地说，“只有至纯至洁的鹿神，才会被血伤害到，我的目的，你还不明白吗？至于六翅蜻蜓那种毒物嘛，啧，过多的血腥味，只会激发它们的愤怒，让它们更加疯狂而已！”

黑头巾男子还是一脸惊慌的神色，镇长不屑地看了他一眼，然后拍了拍他的肩膀，用安慰般的语气对他说：“年轻人，功成名就只在这一时之间啊。你想想，鹿神的毛皮绝对可以令你获得富可敌国的财富呀，至于那肉，不用我多说你也明白的吧，长生不老，与天地共存，这可是千百年来，多少人的梦啊！”

镇长说着说着口水直流，那双贼眼里透出逼人的冷光。黑头巾男子还是有些退缩：“可是……我的镇长，山田那孩子……”

“哼，没出息的家伙。”镇长挺了挺身子，说，“我在这苦心谋划，你倒担心起那个鬼崽子。这次要不是多亏了他，哦不，多亏了他那老婆婆的那只不听使唤的病腿，我们怎么能这么明目张胆地上山来呢。不过这事，也只能怪他可怜，我当初不过是散播了些关于六翅蜻蜓能治病的谣言。我可没工夫舍命，给他去抓六翅蜻蜓。不过……到时候等我们大功告成，你顺便也把那孩子解决掉吧。孤苦一人活在这世上，倒不如早点了结，这也算是我们给他的报答了吧。”

镇长的语气平淡却异常坚决，黑头巾男子不再多说什么，到一旁的灌木丛里隐蔽了起来。

随即，镇长把自己准备好的毒蛇放进了藻湖中。原本缠绕在一起的毒蛇们终于获得了久违的自由，加之湖水的舒适，更让它们狂欢舞蹈起来。湖边树洞里无数的六翅蜻蜓，被这些猎物的气息吸引，它们发出红得令人窒息的红光，整齐地飞出了巢穴，整个藻湖，被那可怖的红光所笼罩着。

“快看！是六翅蜻蜓，它们来了。”镇民们惊呼着，同时都拿起了事先准备好的武器，瞄准目标后，一一将利箭发射出去。令他们不曾料到的是，这些可怕的生灵的动作同样异常敏捷，它们十分轻巧地避开了密集的攻击，而那些利箭掉落到湖水中之后，箭上浓浓的羊血在湖面上逐渐地扩散开来，原本清澈见底的湖水瞬间变成了肮脏浑浊的血水，生机勃勃的水藻迅速地死亡，并且发出腥臭的味道。更为可怕的是，六翅蜻蜓们近乎失去理智地四下乱飞，它们的双眼泣出了火红色的泪珠，传达出死亡的信息。

有的镇民早已因吸入水藻腐烂后产生的毒气而死亡，而有的居民则为了躲避六翅蜻蜓迅猛的攻击四下逃窜，半死不活。带有飞鸟图案的衣服是那么不堪一击。

山田一时也慌了手脚，他站在原地，大声呼喊着镇长，不见回音，他只得更加焦急，而这时，不远处的几只六翅蜻蜓正朝着他直直地飞过来。

意识空白的一瞬间，山田忽然感觉到自己被什么东西用力撤了过去，他闭着眼大叫了一声，再把眼睛睁开的时候，自己已经被拉到一处隐蔽的灌木丛里了。恐惧、惊慌、血色一一不见，在山田面前的竟然就是一个人——瓷。

“天，瓷……你怎么会在这里。”山田大口喘着粗气。

瓷一边用手绢擦着山田鬓角和额头上的汗，一边说：“你别问这么多

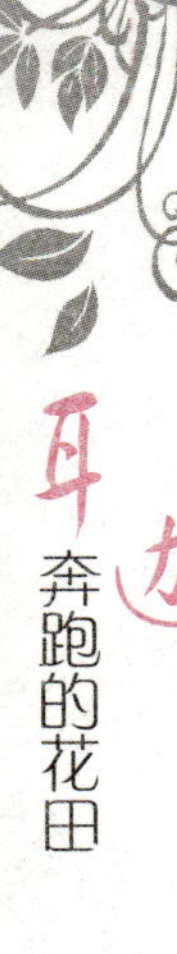

了，你只要知道两件事：第一，你被骗了；第二，我们得快点离开这里。”

“不，你说什么，你说清楚点啊！”山田说。

青瓷深深吁了口气，说：“哎，好吧。镇长的目的根本就不是想帮你，这件事是他预先策划好的，他的目的就是引发六翅蜻蜓和人类的骚动，然后引出鹿神，将其猎杀掉。”

“谎话，谎话……”山田仍然无法相信。

“这是真的，我一直跟在你们的队伍后面，刚才他和他同伙的话都被我听见了。还有，我之所以能够来这里，也是经过我祖母允许的，她也觉得镇长这个人不是很可信。山田，你要相信我，快点走吧，你一定要等到血流成河的时候才会跟我下山吗？”

“可是，如果……真是这样。那我奶奶的病怎么办，没有六翅蜻蜓……”山田开始啜泣了起来，一颗颗像露水般天真的泪水挂在他长长的眼睫毛上，顺着他好看的轮廓一一滑落下去，悲伤的弧度，亦是那样的唯美。

“放心。”瓷的手轻轻搭在了山田的肩膀上。温柔地凝视着山田，“你奶奶不会有事的，我们会照顾她，要相信的是，以毒攻毒并不一定就是解毒的唯一办法，没关系的。”

山田注视着瓷。仿佛看见了几年前倒映在对方瞳仁当中的自己，他清楚地记得，自己内心的孤寂，正是在那一次的遇见中，不由分说地被擦亮的。

“嗯。”山田点了点头。

“好。我们下山吧。”

“可是……瓷。”山田犹豫了，“你看，镇长的目的是猎杀白鹿神，我担心……”

瓷明白了山田的意思，于是，两人最终决定一起留下。

五

“太完美，太完美了，这正是我所想要的，啊哈哈。”镇长隔着树丛，观望到了眼前的场景，镇民们都倒在了湖边上，无一生还。六翅蜻蜓们仍然气势汹汹地四处旋转、高飞，双眼泣下无数血泪。

水面上，传来一声泡泡被挤破的声音。气氛安详了许多，接着，又是一声这样的声音。六翅蜻蜓们似乎都被转移了注意力，纷纷在半空中停了下来。

镇长疑惑地朝声音发出来的地方望去，再一次露出了狡黠的笑容。“预备，我的弓弩手。”他下令到。那位缠着黑头巾的弓弩手朝镇长手指的方向望去，果不其然，一直高大洁白的鹿，正从水面上走来，就和其他仙灵一样，它的蹄子可以直接踏在水面上，不会陷入水中。

弓弩手拉满了弓弦，蓄势待发。正在他要发射的时候，一阵山风刮来，原本的箭偏离了发射轨道，直直地插入了水中。血的味道又开始弥漫，原本平息的愤怒，又开始扩张起来。

“求求你们不要继续这样下去了。”瓷忽然出现在了镇长的身后，和她站在一边的，还有山田。

“是你这鬼丫头，山田……原来你还没死啊。”镇长目瞪口呆。

山田说：“镇长，现在回头还来得及。”

“臭小子，别在我面前装着一副自以为是的样子。你不死是你命大，但是，别以为这样，就能够阻止我。”镇长只身跳出了灌木丛，“看着吧，我要让你们开开眼界。”

只见镇长从口袋里掏出好几只紫色的球体，并用火柴，将它们一一点燃，用手将它们投掷出去。

“是毒弹！快捂住鼻子。”瓷的话音刚落，那些球体就散发出了紫色的烟雾。

“算你有见识。”镇长戴着面具口罩，说，“多年以来，我潜心研制一种能够致六翅蜻蜓于死地的毒气弹，今天，是作见证的时候了。”

过了很长很长一段时间，紫色的雾气渐渐退却。山田和瓷不约而同地抬起头，眼前的景象触目惊心，所有的六翅蜻蜓都倒在了地上或是浮在湖水上，它们的身体变成了空壳一般，呈现出惨白的颜色，渐渐的，它们的躯壳开始融化，变成一种黑色的物质，有的浮在湖水上，有的浮在地面上，它们逐渐趋于僵硬的状态，然后不断隆起硬化，变成地刺，变成不断生长的荆棘的森林，它们拔节生长的声音，就像是骨骼被折断一般。

“怎么会这样……”瓷落下了泪水。那个弓弩手此刻也已经放下了自己手中的箭，双腿跪地，并泣不成声。

镇长摘下面罩，见着白鹿神仍立在原地不动，冷冷地笑道：“不愧是传说中的神，这么熏下去都熏不死。哈。”他拿起了一支利箭，拉满弓弦，预备向正对方的白鹿射过去。

“不要！”山田大喊道。

“再见了，我的神。”镇长的手指轻轻松开，箭就在那一刻弹出。镇长得意至极地笑着，笑着，嘴角渐渐开始发黑，呈现出血块般的颜色，像一朵曼陀罗花，衬得那张邪恶的脸，更加的邪恶阴森。

镇长就这样倒了下去。周遭亦是悄无声息。刚刚弹出的箭，并没有射中白鹿神，它落在瓷的脊背上，她很庆幸，自己追赶上了离弦之箭的速度，而这一刻，她的身体，已经缓缓沉入了湖水中。

死去的六翅蜻蜓，被解除了生的诅咒，化作了森林之中，清新淡雅的歌。藻湖里的藻类开始复活，它们不住的舞蹈，发出幽绿色的光芒，像是亿万只萤火聚集在一起，盛大而夺目。那种幽幽的绿色，以一种无法言说的温度，让湖中的水，一点一点地干涸……

六

傍晚，夕阳慷慨地照进了这一块地方。遍地的嫩绿，被氤氲着玫瑰色光线的空气包围……

消逝，重生。都是那么的美好。

“醒醒啊，瓷。”当瓷醒来的时候，发现自己正躺在白鹿的背上，可爱的白鹿用自己的舌头轻轻舔舐着瓷的脸颊，逗得她直笑，山田在一边微笑地注视着她，瓷一言不发，却打心眼里的喜欢山田的笑容，心想着一定要把它给记下来。

“山田，可以告诉我后来发生什么了吗？”

“嗯……没什么。不过，古老的传说应该是真实的。神圣的神，化解愤怒，降临在嫩绿的原野，原来说的是你啊。”山田说着，指着眼前这一片风景给瓷看。原有的地刺和荆棘，都已经变成了带着柔软的刺儿的苍耳，看上去果真是一片绿色的原野呢。

瓷笑了。

白鹿背着她，轻轻地一小步一小步往山下迈。山田在前边，给它带着路，瓷就这样和大家一起下了山。

瓷忽然觉得，痛苦一经分担，似乎就成了甜蜜的负担，因为它让人懂得什么叫作“彼此”。小小的苍耳，不就是用刺互相勾连，在痛苦的共享中，达成偎依和旅行的吗？

夜幕即将到来，他们已经可以看到镇上的居民们那个充满炊烟的世界了。

这样真好！

——瓷觉得。

第三辑 诗歌部分

今夜不写诗

今夜不写诗
所有幽秘的念想　仰望星辰
待我倦极入睡之后
化作梦中的歌

一句诗歌　静卧在窗边
淡淡的诗意　氤氲迷人的夜色
囚禁于夜之深渊的
那朵小小的黑暗
我想给它的不仅仅是光明
还有鲜花　绿草和最真切的爱意
于是　我把十四岁的诗句
献给了十六岁　那一场
无眠的长夜

笔下　不再流淌着诗行
轻点着今夜的节奏
灵感的余温尚在
昨天的诗意
打动着
我今夜的心
和那漫漫的长夜

微凉的空旷

一

仲夏夜之梦　已然离去
流星般消逝于季节界限的迷途
斑斓悠扬的一抹秋歌　逶迤而至
扣着交织的虫鸣　轻点落花的余温
检阅了夏季的过往之后　秋歌飞升

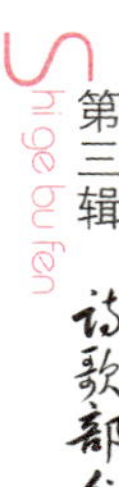

跃然于时光的枝头
以秋的沉默静守岁月的安谧
然后　那时间受惑于秋季的孤独与优美
转瞬之间以写意的方式
壮美地定义了仅属于秋日的
微凉的空旷

二

未知的空旷　触手可及的微凉
在秋季的掌心里　我似一个游吟诗人
走进这微凉的空旷　轻抚正在拔节的秋光
我采撷每一段寂然绽放的萧瑟
在梦中怀揣　再书写成婉约的篇章
我与看不见的风倘然入梦
去看花叶与暗影的重叠
看落地后的昔日青果与沉默无语的空洞枝头
并侧耳倾听衰败腐朽纷至沓来的足音
我的眺望被秋风打开之后
我看到了在我耳畔行走的所有风景
那金色的麦田在与黄昏的对视间
在静美之中共同成全了典雅的深邃
在天地之间　释放出秋日的气息
寒鸦们口衔琥珀色心情
从麦田起飞

与排成人字形的大雁一同飞行
于天际的火烧云端　化作飞翔的云彩
…………

三

微凉的空气　相随微凉的风景
在微凉的空旷里
我是一个携着幻想与孤独的游吟诗人
渴求在秋日的风景中
爱一生秋日的风　秋日的雨　秋日的阳光
不必高歌壮烈的痛苦
不必深陷无底的喧嚣
只需以卑微的心灵映衬秋季那
微凉的空旷……
而一切的一切皆是因为
我同那时间一样的——
受惑于秋季的优美与孤独了……

街灯

黄昏的少女将白昼的最后一片笑颜
放进街灯的心里
一小片灯光
在黑暗倾斜之际　匍匐为燃烧的姿态

星星温柔地俯视着大地
失眠的冰冷　如潮汐漫来
灯光的脚步　未融于夜的掌纹
它打探夜晚的出口
掠过街边的萤火　不惊起幽蓝的虫鸣
在如瀑的夜之激流中
幻化为一只光舟
轻轻撬开夜紧握的五指　寻觅下一站路口
它告诉自己
它只想活在白昼的心头

反复无休地穿梭于夜的森林
在黎明盛放在梦境的那一刻
它又重归白昼的笑意　微光熄灭
它不曾知道
自己已是白日里挥之不去的一抹光虹

等待一场蝉鸣的飘零

我静坐于翠绿色的阳光中
银杏叶的梦儿堆积
风儿轻轻吹拂过
叶梦间
徐徐落下三两声蝉鸣

戛然而止的鸣声　加剧燥热的弧度
手握透明的休止符
张望在那场闪烁无垠的绿梦

分明听见了歌一般的呼吸
却不知声音来路的弯曲
梦呓　行走在银杏叶的边缘
匿藏在枝头的蝉　被一朵心事掩去

它　在哪一片叶的背后浅吟低唱
是否要待那秋日的光临
待蝉鸣与枯叶一同似疲惫的蝶般
落在秋的掌心
遍地情愫枯黄
我才能辨得蝉鸣流来的方向

离别

你挥手的弧度，化作一弯忧郁的彩虹
优美的背影　像是水上蜻蜓点化的
一片斑斓的模糊
整个世界　伫立在你肩头

清贫的晚风　放大你我无言的沉默
心声　藏进夜来香朴素的言辞
不曾与你握最后的手
愿理智的距离　赋予心跳理性的节奏
不相问今夜的心情　不去想告别之后
像背道而驰的飞鸟　口衔花的呼吸
不再有灼伤沉默的冲动
臂间穿行的风啊　催开心深处的独白
一曲时光　站在了风景身后
而在你明媚的凝望中　我依旧目送
长长的步履　化作歌　化作梦
化作月轮写给黎明的诗歌与疼痛

当天空与夜一同睡去
流星于梦中失足
晨光熹微
折翼的泪滴
终在陨落中　悄悄拂动

耳边奔跑的花田

哭泣的野花　在山间奔跑
无意撞碎了几丝微风
又一个个绚烂地跌倒
从此　她们在山脚下流着淡淡的芬芳
支起不为人知的　花的海洋
跟着头顶的天空　一同长高
享受拔节中的每一秒眺望
浸润了忧伤的花蕊
在阳光的花粉中　更新了更丰盛的力量
眼泪的滴落　是失效的声响
清晨日暮　花儿与光霞的根须
一同深入大地的胸前
不在露珠上徘徊　不在玫瑰的十字路口迷惘
簇拥的斑斓　燃起幸福的花火
星辉下的放歌　卷起风暴般的花香

花田　继续向季节深处奔跑

色彩疾驶的速度

予我的双耳　陶醉的芬芳